Desordenadas

 Suburbano Ediciones

Desordenadas

Naida Saavedra

www.suburbanoediciones.com

@suburbanocom

ISBN -10: 0-9988477-7-1
ISBN -13: 978-0-9988477-7-1

Tío Rafael, contame un cuento.

Nota para el lector

Este libro está compuesto de historias que he escrito durante los últimos años. Algunas han sido publicadas pero la mayoría son inéditas; encuentran en este tomo su mundo. Incluí al final de cada una el momento y el lugar en que las terminé, si es que se puede decir que una termina de escribir una historia. No las redacté pensando en que formaran parte de un libro por lo que identificar un tema que las una es decisión tuya, pienso yo. Mi intención es agrupar esos pedazos de vidas que han estado flotando para que tengan cuerpo y un espacio al que puedan pertenecer.

❧

Una cosa sin sentido

Nunca sé cómo van a terminar los cuentos. Empiezo a escribir y me fastidio con un personaje, me pongo furiosa con otro. Raramente me enamoro de alguno de ellos. Siempre me burlo. Incluso olvido sus nombres o los confundo. Intercambio el parentesco entre padres e hijos o sobrinos y tíos. A veces también les asigno hijos a los que no tienen y nietos a los muy jóvenes. Una cosa sin sentido.

Quisiera además cambiar el género de la palabra personaje. O mejor dicho, añadir la. Quiero decir la personaje tal, la personaje cual. Además me gusta usar la @, así puedo decir hij@s, sobrin@s pero si se me ocurre usar las redes sociales con la @ todo es una locura. Entonces paso a la x. Hijxs, sobrinxs, ellxs. Vale recalcar que escribo ficción en español; por lo menos hasta ahora. Entonces si lo que escribo lo lee alguien que no está familiarizado con el uso de la x, no entiende, se para, pregunta o simplemente dice "aquí hay un error de máquina". ¿O se dice error de computadora? Así que vuelvo a usar padres, hijos, ellos. ¡Agh! Qué idioma tan masculino.

El otro día me puse muy brava con Susana. Yo pensaba que la historia de ella se iba a desarrollar de otra forma No sé, que iba a encontrar a Gustavo con alguien, que le arrancaría los pelos, que le daría una cachetada pero no, Susana lo consiguió llorando en una escalera. (No creo en las lágrimas de Gustavo, son de cocodrilo). Susana lo miró a los ojos y le dijo "te perdono". ¡Y él ni siquiera le había pedido perdón! Borré esa línea en el Google Doc y miré a otro lado. Generalmente voy a un café muy chévere cerca de donde vivo y me divierto mientras escribo. Me tomo descansos de algunos segundos para refrescar la mente; miro a las personas comer, hablar, enamorarse.

Volví a ver la pantalla de la computadora y le di a *undo*. La frase volvió a aparecer. Gustavo había ganado. Susana le creyó y él seguramente haría otra de las suyas hasta matarla porque al final solo quería eso. Matarla. Cerré la computadora furiosa con estos personajes tan débiles y planos. Dije planos, no de *plain* sino de superficiales, sin sustancia, sin carne. Son como hojas de papel que caminan; si los ves de perfil son tan anchos como un hilo.

Otras veces me pasa que no logro saber el nombre de algunos personajes. No sé si les da pena o qué, pero no lo revelan. El narrador tampoco hace nada para aliviarme la incertidumbre. Ella, él, la mujer, el muchacho, el doctor, el chofer, la vecina de abajo; esas son algunas de las identificaciones que usan. No soy yo, lo repito, ¡yo quiero saber cómo se llaman! Por ejemplo, la muchacha de la historia del perro que camina con solo las patas de adelante y arrastra las de atrás no tiene nombre. Sí tiene, me imagino, pero no lo sé. Entonces me pongo a pensar que quizás sea mejor así pero me confundo y pienso que está en otra historia, que es hija de Luis o de Manuel, o de Antonia o de Micaela. Y así se me van los minutos. Para tratar de asirlos recuerdo cómo hablan.

La manera en la que conversan los personajes es muy interesante. Dependiendo de dónde sean tienen ese acento que los hace únicos. Ya sé, arriba dije que casi nunca me enamoro de mis personajes pero de su forma de hablar sí. Algunos son más respetuosos que otros, más formales, o más parcos. Otros son más irreverentes, más vulgares o quizás les importa un pepino lo que piensen de ellos. Hace como un mes un amigo leyó un cuento mío. Era la primera vez que leía algo escrito por mí y me dijo que le chocó mucho ver groserías -insolencias, malas palabras, coños, hijos de puta, carajos y no jodas, pues- en mi texto, que nunca se imaginó que yo escribiría así. Le respondí que yo no las dije, que las dijo el personaje, que por el hecho de que yo generalmente no las use no quiere decir que mis personajes tengan que abstenerse de usarlas. ¿O acaso no es cierto? Se rio de mí. "Sabes a lo que me refiero, es tu voz", me dijo. ¡No! No es mi voz, es la voz del personaje, del nuevo profesor que entró al aula y al comenzar a dar clase una abeja entró por la ventana del salón y picó a una de sus estudiantes, la cual era alérgica. En fin, sonreí molesta y le dije que estaba equivocado. ¿O acaso no sabe que hay que separar a la autora del narrador y los personajes? (Justo escribí al autor y lo cambié por la autora. ¡Qué pesada es la masculinidad impuesta!)

Al acento también se le suma el ser bilingüe. Me refiero a hablantes de español e inglés. Ya ven que soy una Latina Writer (realmente me gusta este label). El hecho de tener la necesidad de pertenecer a un grupo es algo, como diría mi medio yo, muy arrecho. Que no soy escritora de allá porque empecé a escribir aquí. -Antes me decían- que no soy escritora de aquí porque comencé a publicar sobre temas de allá, porque los personajes no están aquí, porque no son bilingües. Qué necedad con querer categorizarme. Me quejo pero luego pienso que de algo tienen que comer los críticos literarios. ¡Y yo soy crítica literaria también! (Ironías de la vida). Latina Writer it is, pues. (En el fondo no quiero escribir esas palabras en inglés en itálicas. ¡Las normas de edición, las normas de edición!). Mis personajes son de dónde quieren ser y hablan cómo les dé la gana hablar.

A una hace un tiempo la escuché decir "*Fucking* carajo". ¡*Fucking* carajo! (¿Aquí habría que incluir uno o dos signos de exclamación?). Hablaba con su madre, con la que siempre se comunicaba en español pero quería gritar y decir *fucking*. Carajo también le venía bien para el momento de decepción por el que estaba atravesando. Entonces, me imagino, las dos palabras le salieron juntas como compañeras de lucha. No pude escribir una coma para separarlas pues la voz de ella no hizo una pausa. No dijo *fucking* y luego carajo como si intentara traducir el *fucking* con el carajo. Lo que hizo fue intensificar el valor del carajo usando el *fucking* como adjetivo. Muy inteligente la protagonista, ¿verdad?

Este texto debería ser un cuento, esa era mi intención, pero realmente es un manifiesto. No sé exactamente de qué trata el manifiesto. Quizás de los personajes. En el Diccionario de la Real Academia Española dice que un manifiesto es un, y cito, escrito en que se hace pública declaración de doctrinas, propósitos o programas, fin de cita. Aquí no hablo de doctrinas ni propósitos ni programas pero de todas formas me parece un manifiesto, o quizás un ensayo personal como esos que escribía Virginia Woolf y que tanto me gustan.

Cuando los personajes se dejan ver, algunas veces, los describo. La altura, la estructura ósea, el color de la piel, el tipo de pelo, la manera cómo visten, el tipo de lentes que llevan, en fin, si se dejan ver. Luego llego al café a escribir y me encuentro a uno o dos sentados, tomando un cappuccino o simplemente leyendo un libro. Quizás me atienden en el mostrador cuando voy a comprar un latte o se tropiezan conmigo cuando entro al baño o enchufo la computadora para poder escribir. Los personajes me persiguen, o nos perseguimos mutuamente. Es muy probable. El hecho es que cuando empiezo a redactar no sé adónde van ellos y a veces me fastidio o me pongo furiosa. Incluso algunos me dejan y no los vuelvo a ver. En esas ocasiones me siento abandonada. Antes pensaba que era porque no podía delinearlos perfectamente, pero ahora, después de haber escrito este ensayo, me doy cuenta que me pongo furiosa porque no los puedo controlar. Son, al fin y al cabo, pedazos de este mundo orgánico.

Con los nombres todavía enredados y confundida con acentos e historias compartidas, me levanto de la mesa, me dispongo a cerrar la computadora, calmada, porque vuelvo mañana a ver a los personajes una vez más, a los que quieran que los vea. Ya es tiempo de dejar ser.

Worcester, mayo 2018

Silencio incomprensible de los martes

Arrastrando los pantalones de pijamas se acerca a la nevera. No ha ido a orinar y el frío que sale al abrir la puerta descascarada le eriza la piel pero no le importa. En las esquinas se nota el metal corroído y el color cobre. Le han dicho que eso puede causar cierto tipo de podredumbre. No presta atención. Los oídos se llenan de palabras y sonidos, entran, tocan los pelillos que sobresalen de su tejido cutáneo como una pelusa, se mezclan con el aire y el zumbido del insecto que no deja de revolotear alrededor del cuchillo sin filo que tiene en la mano, llegan al oído medio, se esconden en algunos recovecos y finalmente hacen activar al cerebro. Algo le han dicho. Algo relacionado al metal oxidado, algo que tiene que ver con la comida y con la posibilidad de enfermarse. Las palabras y los sonidos siguen su curso en el cerebro, bajan de la sien hacia la mejilla, y hacen el mismo recorrido auditivo pero ahora por el otro oído y a la inversa. Salen y se escapan con el viento.

En el piso de abajo acaba de mudarse una familia con niños. Cree que tienen dos, o quizás tres. Ha visto dos triciclos y un par de muñecos de muchos colores. El brillo le molesta los ojos mas se regocija pensando en la nueva vibra que ha llegado al lugar. Se promete a sí mismo hacer algo para agasajarlos. Quizás un pan de ajonjolí.

A los tres días desaparece el camión de mudanzas y las cajas de cartón aplastadas empiezan a apilarse en el porche. Recuerda cuando él mismo se mudó allí y rememora el sudor que le salía por las axilas. También le corría por la espalda y le provocaba temblores a ratos. Recuerda que se tardó muchos días en desembalar las cajas. Nunca se le olvida que al terminar se sintió realizado. Siempre ha vivido solo aunque tiene muchos amigos. Gustavo se baja del carro negro, camina con sus mocasines marrones y sube la escalera principal. Tiene llave. Gustavo entra sin hacerse notar. Generalmente lo asusta cuando se le queda mirando y revisa que cada cosa esté bien puesta en la cocina. A veces reclama, dice que haga ruido, que no lo vaya a matar de un susto. Gustavo es callado y muy práctico. Es el amigo que más quiere porque deja sus oídos en paz. Sus oídos y los pelillos como pelusa que cubren esa piel tan grasosa.

Abre el sobre que le trae, saca una carta y la lee. No entiende lo que dice. Gustavo se voltea y baja las escaleras con los mocasines marrones sin prestar atención a su mirada que lo sigue hasta que desaparece. Se alegra por tener a ese amigo en su vida. Realmente no está solo; realmente siempre tiene compañía. Todos los días pasa alguien a saludar, a comer un poco de helado, a leer el periódico que no deja de recibir a pesar de haber cancelado la suscripción hace tres años. El helado que más le gusta es el de mint chocolate chip. Alguien le dice que ese helado sabe a pasta dental pero no se incomoda por ello. Siente un cosquilleo en el tímpano, lo ignora y sigue con su rutina. Debe terminar un proyecto para dentro de pocos días y la computadora se pone lenta cuando tiene mucho estrés. A veces piensa que le transmite su angustia al aparato. En algunas ocasiones los diseños cambian de color sin que se dé cuenta. Le parece muy extraño y vuelve a seleccionar el tono original. Ahora sabe hacer que un muñeco se mueva en retroceso, que se doble y estire la mano como si fuera a salirse de la pantalla. Alguien le susurra que es más de lo que puede anhelar. Disney jamás. Ignora completamente el comentario; voluntariamente lo almacena en una gaveta del cuarto de atrás de su cerebro en donde va guardando las memorias no queridas, aquellas que no se escapan con el viento y que no quiere recordar.

Al salir por la mañana a recoger el periódico casi se cae por las escaleras del porche. Un triciclo permanece atravesado en el pasillo que da a su puerta. Compartir espacio con gente extraña siempre es un desafío. Ellos están abajo, no hay que alarmarse. El brillo del triciclo lo deja ciego por unos segundos. Al abrir los ojos se encuentra con la cara de la madre y escucha un "disculpa". Luego ve su sonrisa. Los dientes de la madre son muy blancos, tanto así, que llegan a resplandecer. No puede verlos directamente. La madre le pregunta su nombre, le dice el suyo y conversa sobre su familia. Se mudaron hace poco a la ciudad por cuestiones de trabajo y en efecto tienen tres niños, una hembra y dos varones. Sale el padre y se presenta. Dice su nombre. No sonríe y se va al supermercado a comprar algo de comer. Apenas están empezando a cocinar. Recuerda que hace unos días pensó en el pan de ajonjolí. Recuerda además que no tiene ajonjolí pero no decide ir a comprarlo, hoy no le toca salir. Lo deja para el próximo martes.

En el balcón tiene muchas plantas. Hay tantas que no se puede ver su cara si se asoma. Le gusta la sensación de estar en una jungla. El oxígeno le llena la nariz y le hace cariños en las vías respiratorias. Le place que sea aire puro, una corriente que viene de sus propias plantas. Es muy distinto a lo que respira siempre, pasa por cada centímetro interno y llega a los pulmones. Allí se concentra y da vueltas, forma círculos de flechas indicando adónde se dirige cada vez, a la derecha, a la izquierda. Esas dos bolsas hechas de membranas tan finas se inflan y se desinflan, se nutren, se revitalizan, surgen y vuelven a decaer cada vez. El oxígeno que ya no es oxígeno regresa por donde vino sin atreverse a hacerle cariños pues ya no es puro, ya no es bueno. Tiene que salir para liberarlo del tormento. Y sale. Escapa por la boca.

No entiende cómo a la gente le gusta ver televisión. Alguien le dice que la encienda, que para eso la tiene. A veces piensa que solo para llevar la contraria no lo hace. Escucha un ruido que no son palabras, son balbuceos, balbuceos que se convierten en llanto. Es el niño de abajo, todavía no sabe hablar y todo lo pide con lágrimas. La misma persona le vuelve a decir que prenda la televisión, así aminora los gritos de la criatura. Repite por enésima vez que no le molesta. Solo le molesta el brillo de los dientes blancos de la madre.

Espera que hoy venga Gustavo. Lo extraña. Extraña escuchar el silencio de su presencia.

Escucha el timbre y se sorprende. Nadie toca el timbre, nunca. Aunque muchos van a su apartamento, el timbre no es la manera de anunciar su llegada. Se queda inmóvil. Vuelve a escuchar el timbre. Es de verdad. Está ocurriendo. El ruido no baja por la sien hasta la mejilla ni se sale, se queda allí, retumbando, dando vueltas, intentando que su cuerpo se dé cuenta que debe movilizarse hasta la puerta y preguntar quién es.

Después de unos minutos y de escuchar el timbre dos veces más, lo logra. Se mueve. Da quince pasos, los cuenta en voz alta y llega a la puerta. Es la madre. Antes contaba cada paso. Recuerda que eso le daba la sensación de asir el presente, o mejor aún, la realidad. Desde hace mucho tiempo no lo necesita y no entiende por qué tuvo que hacerlo en este momento. Cuando abre la puerta la madre le ofrece un paquete. Es una bolsa de plástico con una de papel adentro. "Es torta de zanahoria", escucha. Hace un esfuerzo por internalizar que dentro de la bolsa de papel y envuelta en aluminio está la torta. Pone toda su energía en ese detalle. Se lo dijo la madre, no es algo que deba guardarse en la gaveta del cuarto de atrás de su cerebro.

Sube las escaleras y entra. Camina hacia la cocina y encuentra a Gustavo. Se asusta. Se queda unos segundos inmóvil. No comprende por dónde entró. Él estaba parado en la puerta hablando con la madre. Confirma consigo mismo la imposibilidad de que entrara por allí. Habría interrumpido el diálogo. Habría tenido que presentárselo a la madre. Lo increpa, le dice que le explique. Por fuera no hay escalera así que esa no es una opción. Gustavo lo mira impávido. No se inmuta. Se voltea y sin decir palabra pone en la mesa una pequeña bolsa de semillas de ajonjolí. Luego sube la mirada y sonríe. Agarra una servilleta y se agacha para limpiarse los mocasines. Vuelve a erguirse y se lo queda mirando, en silencio. Él se pone rojo de la rabia y la impotencia. Grita. Hace preguntas. Insulta. Ruega. No recibe ninguna respuesta.

Vuelve a gritar. Esta vez el grito se convierte en un alarido. Gustavo no muestra señales de querer responderle. Se exaspera más y tira un plato a la pared. El plato cae al piso entero y se da cuenta que no se rompe. Es irrompible. Ahora hace memoria de cuando lo compró. Fue un martes, como siempre. Fue un martes. No iba solo, iba con alguien más. Alguien que lo conocía bien y que hablaba pero no lo aturdía. Gustavo no podía ser. No recuerda haber salido a ningún lado con él.

Siente la mirada de Gustavo, aguda y desafiante. Ve cómo se aproxima y lo reta, sin tocarlo, solo con estar cerca. Percibe el calor de la piel de su gran amigo y no lo soporta. No resiste que no le explique nada. Lo insulta, lo manda a podrirse en el infierno, usa malas palabras, aquellas que alguien le dijo no debía usar. Mira la única silla de madera del comedor y sin pensarlo mucho la tira contra un costado de la pared. Se parte en dos. Lo ve con ira y le lanza cuatro puñetazos muy rápidos que acaban quebrando sus nudillos. La pared se mancha de sangre. De su sangre. Se acuerda que tiene vasos de vidrio. Esos sí se rompen. Va sacando uno a uno y los tira hacia el piso, hacia los pies de Gustavo. Quiere que se mueva, que corra, que busque refugio o que le conteste. Quiere que responda a sus insultos pero ahora se ríe descontroladamente, se carcajea y lo señala con el dedo. Se desespera y corre al baño a llenar un balde de agua. Piensa que tirándole agua lo hará reaccionar. Regresa apresurado con el balde en las manos y se percata del plato que reposa en el piso. Lo observa y su mente se llena de imágenes de la tienda, de la gente llevando los carritos repletos de productos, de la mano suave y amable que lo acariciaba.

Vuelve en sí luego de haber estado un momento pensando en el día que compró los platos irrompibles y se da cuenta que Gustavo no está. Se dirige a la sala y no escucha nada, ni sus pasos, ni el llanto del niño, ni el zumbido de un insecto. Se oye a sí mismo, ese sonido mordaz del silencio incomprensible. Sigue caminando hacia la puerta con la idea de asomarse por la mirilla y es en ese momento que suena el timbre. Se paraliza. Se petrifica. Escucha un "soy yo" y logra moverse. Abre la puerta; es su madre. No es la de abajo, es la suya. Ella lo abraza y le dice que es hora de volver. Las luces incandescentes de la ambulancia lo ciegan por un momento; cuando abre los ojos se encuentra bajando las escaleras de la mano de su madre. Y recuerda que hoy es martes.

Worcester, diciembre 2017

Your shift is over

En algún momento de la vida han de desaparecer.
-¡Qué ojeras tan negras!

Algún día, algún día. Llevar dieciocho horas despierta no ayudaba mucho, sin embargo, siempre pensaba que en un futuro su vida sería mejor. Y no tendría ojeras. De repente las ojeras claras se habían convertido en un símbolo de su estabilidad emocional. Mientras más negras más cansada estaba y menos había dormido, lo cual quería decir que había trabajado más horas porque tenía que cubrir más gastos. Si se enfermaba Gladys y no iba a trabajar por dos días, ella tenía que cubrir las horas porque de otro modo no alcanzaba para pagar el cuarto. Gladys ya estaba un poco vieja y algo de los pulmones la afectaba. No sabían qué era. Si Gladys no iba a trabajar por dos días las ojeras de ella se ponían color café espresso. Generalmente, con el cansancio normal las llevaba color café latte. Hoy particularmente le dolía mucho la cabeza y no entendía por qué. Las ojeras eran como un termómetro pero de cansancio. Un medidor de cansancio. ¡Eso!

Con un poco de maquillaje no se pueden disimular.
-Levántate. Tenemos que irnos ya.

No le daba tiempo ni de ponerse crema en la cara al salir por la mañana. Si se iba de su casa cinco minutos más tarde no llegaba a subirse en el bus. Toda la ciudad estaba esquematizada. La ruta 38 pasaba a las 8:23am. No pasaba a las 8:20am, no pasaba a las 8:25am. Pasaba a las 8:23am. Ella no entendía cómo eso era posible. Todos los días a la misma hora. Con tráfico o sin tráfico. Y todos los días manejaba el mismo chofer, con la misma camisa, con la misma marca de almohada en el cachete derecho. A Gladys no le parecía gran cosa; decía que la ciudad era muy organizada porque era del primer mundo. En el tercero las cosas no eran así, todo se transformaba en un total desorden. Ella no estaba de acuerdo. Estas no eran cosas de mundos, era algo muy raro. La señora del sombrero azul se sentaba en el cuarto asiento de la fila derecha, pegada a la ventana, siempre. El muchacho de bigoticos y pelo pegado hacia atrás se sentaba en el sexto, al lado del pasillo. Y así cada uno de los pasajeros. ¡Los mismos pasajeros cada día! Todo eso le resultaba muy extraño. Cuando a ellas les tocaba subir al bus, siempre había dos puestos vacíos en la quinta fila. Súper creepy.

Quizás había nacido con ellas.
-Ya viene nuestra parada.

Al bajar del bus caminaban por la Park Avenue durante quince minutos y ya. Muy fácil. La ciudad era completamente cuadrada y los mapas estaban diseñados de forma simple. Hasta ella podía descifrarlos. En el colegio sus compañeros se burlaban porque siempre andaba perdida. Luego inventaron el GPS y cuando en poco tiempo se hizo famoso y se empezó a instalar en los smart phones, en la universidad la empezaron a llamar dumb phone, porque esos no tenían GPS. Ella no percibía los detalles de las calles, de las plazas, de los semáforos, de los edificios en las esquinas; nada del paisaje resaltaba ante sus ojos para ayudarla a ubicarse. Eso no funcionaba. A cada instante le parecía estar caminando en una calle por primera vez. Sin embargo, allí era diferente. Mientras bajaban por la Park, la señora del quiosco de revistas saludaba a Gladys con la mano derecha mientras los arabescos celestes de su blusa se convertían en un mar ondeante. A ella nunca la saludaba. Todas las mañanas la señora llevaba la misma blusa. Aunque le incomodaba darse cuenta que la señora la ignoraba y que todos estos detalles que se repetían cada día le inyectaban más angustia, le agradaba el color de los arabescos. Ella siempre vestía de negro.

Había leído que en algunas sociedades son un símbolo de sabiduría.

-Vamos con el tiempo justo pero nos da tiempo de llegar.

El trabajo estaba bien. Con ese social security falso habían podido manejarse todo ese tiempo. Lo que le molestaba mucho era permanecer tanto tiempo de pie. Catorce horas si hacía sobretiempo. Antes de venir aquí le dijo una amiga internista que estaba propensa a sufrir de varices pero ya había pasado los treinta y no había tenido nada de dolor.

Ni siquiera una muestra de líneas azules bajándole por la pantorrilla. Lo que sentía era cansancio. Mucho cansancio.

Vio a una mujer alta, fuerte y muy guapa en el porche de una de las casas de camino a la parada de bus. Esa mujer siempre regaba las flores del jardín vestida de enfermera. Y siempre llevaba unos zapatos grandes y redondos en la punta. Eran especiales para estar de pie muchas horas, se había enterado. Nadie se lo había dicho. Ella solamente hablaba con Gladys. Los vio en una vidriera hacía unos meses y le llamaron la atención. Recaros. Gladys no entendía cómo unos zapatos tan feos podían costar tanto. Ella pensaba que serían muy buenos para el trabajo. El dolor de cabeza se intensificó.

Su mamá no las tenía tan oscuras pero su abuela sí.
-Hoy seguro que nos toca pegar elástica.

A veces retomaba la idea de volver. Allá no pensaría en zapatos feos porque no tendría que estar parada tantas horas ni viviría como un robot, con una monotonía asfixiante y un encierro total. Solo salir al trabajo y volver. No hablar con nadie. No hacer amistades. Sobrevivir. Sin embargo, allá no podría sobrevivir. La matarían no mucho después de regresar. En ese momento la idea del retorno comenzaba a esfumarse.

Caminaron unas cuadras más hasta la fábrica. La puerta de madera con remaches gigantes le daba un aire de hacienda colonial. No obstante, la cajita de metal con diez botones diminutos para introducir un código de entrada le desdibujaba el aire imponente. 2010. Ese era el código de ella y el de Gladys. Usaban el mismo. 2010. El año que llegaron a esa ciudad.

En sus puestos ya tenían veinte yardas de elástica para empezar a pegarla a las pantaletas tipo bikini que saldrían al mercado en un mes. Después de varios años todavía le costaba calcular la diferencia entre yardas y metros. Un día cuando la ansiedad por no poder controlarlo la debilitaba, se dijo que no importaba convertirlo, que podía ordenarle a su cerebro que calculara basándose en yardas y pantaletas, en yardas y sostenes. Así podría hacer el trabajo, ese era el objetivo. Hacer el trabajo, terminar la jornada y salir para volver al otro día a hacer lo mismo. Qué dolor de cabeza que no se le quitaba.

Con unos lentes de sol grandes y modernos no se veían tanto.

-Viene el jefe. Háblale tú.

Al pasarse la mayoría del tiempo sin hablar, era prácticamente imposible aprender inglés. Ella había entendido la mecánica de la gramática leyendo el periódico, como lo había hecho su abuela con el español cuando terminó de parir a sus diez hijos. La pronunciación era otra cosa pero con la gramática bien puesta en la mente podía sobrellevar la lengua pesada y sin movimiento que tenía entre los dientes.

Your shift is over, dijo el jefe. No hubo necesidad de

responder ni reclamar. Nunca hacía falta. Todos los días él se acercaba con la misma camisa roja de botones negros y les decía que se fueran. Ella, Gladys y todas las demás terminaban la faena soltando agujas, hilos y telas; agarraban sus bolsos de los percheros dirigiéndose a la salida. Atravesaban de nuevo la puerta de remaches. Todas doblaban hacia la derecha excepto ella y Gladys. Iban hacia la izquierda para caminar y tomar el bus de vuelta.

A veces le dicen que parece una muerta.
-El tiempo se pasó muy rápido hoy.

Caminaron en línea recta rumbo a la parada. El mismo chofer esperaría a que subieran los escalones para entrar al bus, pagaran sus pasajes y se sentaran para arrancar. Escogerían los mismos asientos y mirarían a las mismas personas que habían visto por la mañana. Con la misma ropa. Con las mismas caras de decepción.

Cuando habían avanzado unas cuadras, a ella se le ocurrió romper la rutina y agacharse para oler una flor que sobresalía en el jardín de la enfermera de zapatos grandes y feos. Gladys le gritó que no lo hiciera pero ella no le hizo caso. Se acercó al borde de la acera saliéndose de la línea recta que siempre seguía; al inclinarse trastabilló y cayó sobre las flores. La enfermera gritó histérica. Se le oyó decir *my babies, my babies!* antes de que se quitara uno de sus zapatos grandes y feos y se lo lanzara en la cabeza a ella. Con mucha rabia. En el momento en que ella se trataba de enderezar luego del golpe y atontada tratara de buscar la fuente de la agresión, la mujer vestida de enfermera le pegó en la cabeza repetidamente usando el otro zapato que le quedaba. Ella no pudo pelear, la enfermera era bastante fuerte y la sometió. La golpeó y la golpeó sin parar hasta que ya no se movió más.

Otros comparan sus ojeras con hematomas.
-Tienes que descansar.

La sangre manchó los pétalos de las margaritas y las petunias. Las dalias quedaron intactas. Pensó en las dalias, las flores favoritas de su mamá. Pensó en que seguro por eso no se habían manchado. El cuerpo quedó allí por mucho tiempo, varias horas. La enfermera no lo movió. Agarró la manguera y siguió regando las flores, esta vez descalza. La policía llegó sin que nadie la hubiera llamado. La ambulancia nunca vino, no hacía falta. Sin respiración que chequear los paramédicos no salen de sus cubículos. Llegó el camioncito de la morgue -aquí la morgue tiene su propio camioncito- y se llevó el cuerpo. La enfermera no habló, nadie le preguntó nada. La policía no interrogó a Gladys, supusieron que no hablaba inglés. El agua de la manguera se llevaba poco a poco la sangre y la mezclaba con el abono que la enfermera le ponía a sus flores cada mañana antes de que ella y Gladys pasaran caminando frente a su casa.

Gladys no entendía lo que pasaba, solo quería tomarla de la mano y sobarle la cabeza. Atolondrada, y aunque ya no estaba a su lado, le ofreció ponerle hielo cuando llegaran a su cuarto. Nadie la escuchó.

Ella se sentía particularmente liviana, como si no pesara nada, como si estuviera hecha de aire. Le pareció oír a Gladys decirle que tenía que descansar. Al otro día había que volver a salir a caminar hasta la parada de autobús a trabajar para pagar el cuarto, sin hablar con ninguna persona, sin mirar a nadie.

Al final si no la veían no tenía por qué quejarse de sus ojeras.

-Descansa. Mañana amanecerán más pálidas. Seguro.

Worcester, mayo 2018

Cuatro Lauras

Las tres hermanas

Laura Carmelina comenzó a hacerse las trenzas y como siempre Laura Catalina le pasó por un lado haciéndole burla.

-Carmelina, Carmelina, la tontilina.

-Dejá de joder, Cata.

-Qué boca sucia tiene Carmelina, la tontilina.

La madre, Laura Cristina, tenía como siempre los nervios de punta.

-Que no te oiga tu padre Carmelina, que te cruza la cara.

-Decile a Catalina que me deje de fastidiar entonces.

-Cata, comportate, haceme la caridad.

Laura Clementina, la más pequeña, todavía dormía.

-Clementiiiiina, Clementiiiiina, Clementiiiiinaaa de mi amor.

-Si no se despierta con los gritos de Catalina, no la despierta un coño.

La casa de la familia Pacheco se ubicaba en la zona

norte de Maracaibo y estaba muy bien dispuesta. Federico se ponía furioso si alguna de las cuatro mujeres de la casa dejaba algo tirado. Era algo inconcebible. Federico siempre quiso un hijo varón pero salió hembrero y tuvo tres hijas, muy bellas todas, morenas, de pelo castaño y ondulado. Unos mujerones. Su orgullo. Sin embargo, le habían salido desordenadas. Federico pensaba muchas veces que tenía un karma pues debía educarlas para que fueran buenas mujeres y futuras madres y esposas y al mismo tiempo protegerlas por lo hermosas que eran. Un trabajo arduo y cansón.

Los estudios

A Laura Clementina, la quinceañera, le encantaba maquillarse como actriz de novela.

-Clementina, con la boca así no sales de esta casa, y menos para el colegio.
-¡Pero, papi!
-Ya dije.

Laura Clementina todavía estudiaba en el colegio. Las otras dos ya iban a la universidad. A Federico le interesaba que estuvieran ocupadas para que no tuvieran muchos amiguitos y así evitar una barriga porque de la carrera, la verdad, no vivirían. Las tres debían ser como su madre; debían tener una educación porque mujer bruta llama la infidelidad, pero nada de trabajo, para eso él estaba dispuesto a conseguirles buenos maridos.

-Apúrate Cleme, vas a llegar tarde a la prueba de aptitud académica.
-Ya va, me estoy quitando la pintura.
-No te pongas brava. Ve que los quince son para usar un rosadito en los labios nada más. Además si te ven las monjas así me vuelven a llamar y ya me está cansando que me estén regañando por tu culpa.
-Es que las monjas son muy mojigatas, mami.
-¡Por algo son monjas, niña!

Laura Carmelina, la mayor, ya manejaba. Con diecinueve

años Federico le había mandado a sacar la licencia de conducir, después de enseñarle él mismo, claro. Gracias a Dios Laura Catalina, la del medio, iba a la misma universidad porque así las dos tenían que irse juntas.

-Manejas como tortuga, Carmelina.

-Callate la jeta, ¿o quieres que te deje botada aquí mismo?

-¡Ay, pero qué carácter!

-Mira, ¿cuándo me vas a presentar al galán?

-Nunca, será pa' que le vayas con el chisme a papi.

-No seas tonta, si no le he dicho hasta ahora ¿para qué le voy a decir ya?

-Pa' fastidiarme.

Laura Catalina no quería presentarle su novio secreto a Laura Carmelina porque en el fondo creía que si la conocía se enamoraría de ella inmediatamente. Siempre le tuvo envidia por su cutis perfecto, sus largas pestañas y sus labios carnosos. Lo chistoso es que Laura Catalina no se daba cuenta de que tenía exactamente las mismas características de su hermana mayor.

Los nombres

Desde que Federico conoció a Laura Cristina supo que con ella se casaría y que si tenía una hija hembra le pondría de nombre Laura. Halagada por tan cortés petición, Laura Cristina accedió inmediatamente a ponerle Laura a su primera hija, diferenciándola de ella con Carmelina como segundo nombre. El problema fue que tuvieron dos hijas más.

-¿Aló? ¿Con quién desea hablar? ¿Con Laura? En esta casa hay cuatro Lauras.

El trabajo

Federico era un hombre muy abnegado y trabajador. Con mucho esfuerzo pudo levantar ocho cibercafés por toda la ciudad. Se metió en el negocio del internet apenas salió y tenía visión de futuro. Siempre la tuvo pues su padre había sido comerciante y desde muy joven trabajó con él. De título, Federico era administrador. Decidió estudiar esa carrera porque le permitiría montar negocios. Y así fue.

-Estoy cansado, Laura.

-Ay, mi amor, es que trabajas mucho. ¿Te sirvo la cena? Las arepas están calienticas. Hice garbanzos con tocineta también.

-Bueno, ¿y las niñas?

-Ya vienen, están viendo la televisión.

-Qué día... estoy exhausto. Con ese virus que se les metió a tres de las centrales me iba a volver loco. Menos mal que contraté al técnico ese que vino de Caracas. Es joven, veintipicón, pero sabe bastante de cómo arreglar computadoras. Me está sirviendo de mucho.

-Qué bueno. ¿Queréis queso rallado?

Los pelos

Las cabelleras de las hermanas Pacheco eran envidiables. Por suerte sacaron el pelo de Laura Cristina porque el de Federico parecía un cepillo de dientes usado. Laura Cristina siempre se esmeró en cuidarles el pelo a las tres niñas y ahora de grandes ellas mismas se lo seguían manteniendo brilloso y ondulante. La única que se lo recogía siempre era Laura Carmelina. Nunca jamás se lo dejaba suelto. Decía que no era nada práctico. Si no fuera porque a Federico le daría un soponcio, Laura Carmelina se lo hubiera cortado, muy corto, tipo hombre. Pero bueno, el techo que la cubría era de su padre y para no molestarlo se lo dejaba largo pero siempre amarrado.

-Ahí viene la muñequita de trapo.

-Cata, dejá de joder.

-Es que esas trencitas de niñita son taaaaaaan bonitas, son taaaaaaan bobitas.

-Callate, no joda.

-¿Mami, por qué Carmelina puede decir groserías y yo no?

-¡Carmelina! ¡Mira lo que haces! Mira, Cleme, ninguna mujer debe decir groserías. Eso se ve muy feo. Imagínate tú cuando tengas tus bebés diciendo groserías, ¡qué horror!

-Como yo no me voy a casar no tengo problemas.

-¡Carmelina! ¿Cómo que no te vas a casar? ¡Claro que sí!

-Carmelina la solterona, Carmelina la solterona.

-Con eso no me vais a hacer arrechar, Cata.

-¡Carmelina!

-Mami, me quiero hacer las mechas.

-Otra vez con eso, Clementina… las monjas no dejan. Esperate unos meses que te gradúes del colegio y te las mando a hacer.

-¿Y qué? ¿Ahora quieres ser catira, Cleme?

-Ja, ja, ja. Muy graciosa, Cata. Lo que pasa es que te da envidia porque tengo el pelo más bonito que el tuyo.

-Se acabó la discusión. ¡Todo el mundo a hacer lo que le corresponde! ¡Vamos! Que hoy es día de limpieza profunda.

Las fiestas

Federico era un padre bastante estricto. Sin embargo, se podría decir que más que estricto era justo. Habría que ponerse en los zapatos de un padre de tres muchachas jóvenes y hermosas. Federico le había dado llave de la casa a la mayor, Laura Carmelina, porque ya había cumplido la mayoría de edad. Antes de eso así le rogaran de rodillas no entregaba copia de la llave a nadie. Con esto se aseguraba que nunca llegaran tarde porque alguien tenía que estar despierto para abrirles la puerta. Y si por alguna casualidad llegaban tarde, con permiso de él por supuesto, él mismo les abría la puerta sabiendo así a qué hora habían llegado. Claro, esto era si las dos hermanas menores salían con Laura Carmelina porque Federico no permitía que ninguna de sus hijas anduviera sola en un carro con un muchacho y menos en la madrugada.

-Carmelinaaaaa, ¿me puedes llevar a unos quince años el sábado?
-¿¡Otro?!
-¡No tengo la culpa de tener tantas amigas en el colegio!

Los secretos

Las hermanas Pacheco, aunque peleaban todo el tiempo, se llevaban muy bien y se contaban todo. Sin embargo, había algunas cosas ocultas que no se atrevían a revelar.

-¿Aló? ¿Patricia? Soy yo, Carmelina. Ajá, estoy en mi cuarto. Sí, hablé con él. Ve, este sábado voy a llevar a Cleme a unos quince años y le voy a decir a papi que como queda lejos, para no ir y venir, me voy a tu casa a esperar que sea la medianoche pa' recogerla. Ajá. ¿Te parece? Sí, sí, como siempre, a casa de su tía que está de viaje, ahí no hay nadie que nos vea. Ay no, yo no voy a comprar eso, él siempre tiene. Para eso trabaja.

-Ya tenemos un mes. ¿Podéis creer? Ay, yo lo amo, y yo sé que él me ama a mí. Me lo dice a cada rato. A lo que yo cumpla dieciocho él va a venir a conocer a papi y nos vamos a casar. Ya me lo prometió. Y sabes que sigue insistiendo, ¿no? Pero a mí me da miedo... ay, Dios mío. Es que yo he leído que la primera vez duele mucho. Pero es taaaaan duuuuuulce y siempre que me va a visitar a la universidad me compra un helado y me dice cosas bellas. Me dice "Catita, mi Catita linda".

-Holaaaaaaa. Conocí a un tipo bellooooo. Es alto y moreno y tiene unos ooooooooojos... bello, bello. Cuando me vio entrar a la oficina de papi se me quedó mirando. Y después me picó el ojo. ¡No! ¿Estás loca? Papi no se dio cuenta. Será para que vayan haciendo mi tumba, aquí fallece Cleme. Ojalá lo vuelva a ver pronto... voy a ver qué invento pa' ir a la oficina de papi en estos días.

Lo femenino

Dicen por ahí que cuando varias mujeres menstruantes viven juntas, las reglas se compaginan y a todas les viene el periodo al mismo tiempo. Laura Cristina, después de tener a Laura Clementina tuvo que hacerse una histerectomía, así que no menstruaba. Sin embargo, daba fe de la creencia popular puesto que sí, a sus tres hijas les venía la regla a la vez y era ella quien les compraba las toallas sanitarias y las pastillas para calmarles el dolor de vientre.

-¿Ya te vino, Cata?
-Sí, Cleme.
-¿Y a vos, Carmelina?
-Sí, Cleme.
-Por eso es que insisto que nos debemos llamar las hermanas sangrientas.
-Ya salió la loca del manicomio. Callate, Cleme y dejá de joder.
-¡Va, pues! Pero es verdad. Imagínate una película con ese nombre. Sería un éxito taquillero.
En eso, pasaba la madre cerca del cuarto de Laura Carmelina.
-La que tenga dolor de vientre que alce la mano.
Las tres, al unísono, lo hicieron.

Las compras

A Laura Cristina le encantaba ir al mall. Y ahora más que Laura Carmelina manejaba.

-Vamos a esta tienda.

-Ay, noooooo, Carmelinaaaaa. Ahí venden ropa muy fea.

-Dejá de fregar la paciencia, Cleme. Lo que pasa que como no venden minifaldas…

-¡No empiecen! Vamos a esta, Clementina, y después a aquella.

A Laura Carmelina le gustaba andar de jeans, camisas de botones y sandalias de cocuiza. Laura Catalina siempre vestía de negro, morado o cuadros grises y blancos, con zapatos de plataforma y llevaba anillos de calaveras. Laura Clementina estaba apenas experimentando las pinturas y los tacones, así que prefería los colores muy vivos como fucsia y naranja y las blusas de tiros o vestidos primaverales.

La comida

En la mesa, Laura Clementina muchas veces hacía un berrinche porque no quería comer.

-En esta casa se come lo que hace su madre. ¡Ya está bueno, Clementina! ¡Ya tienes quince años!

-Es que no me gusta el pastel de berenjenaaaaa.

-Pues eso es lo que hay y punto.

-¡Pero, papi!

-Ya dije. Empieza a comer.

-Clementiiiiiina, Clementiiiiiina, Clementiiiiinaaa de mi amor. Tenéis que comer, mijita.

-Dejame, Cataaaaaaa.

-Por lo menos Cata no me está fastidiando a mí hoy.

-Esperate que ahorita te toca, Carmelina.

-¡Pero bueno! Todo el mundo se calla y a comer en paz.

Laura Cristina estaba parada sirviendo jugos y poniendo servilletas.

-A ver, cambiemos el tema. Tampoco esto va a ser un funeral. A ver niñas, ¿qué me cuentan de novios?

La cena no solo sí fue un funeral, sino que fue un funeral largo y tedioso. Nadie habló.

Las sospechas

Había algo que atormentaba a cada una de las hermanas.

-No chica, claro que se puso la última vez, pero no sé…
ya van dos días que no me viene nada de nada.

-¡Ay, yo sé! Te dije que me daba miedo ¡y sí me dolió
mucho! No… no se puso nada… ¿pero no se supone que la
primera vez es imposible que pase algo?

-Virgencita, tú sabes que yo te adoro. Haceme el favor
de mandarme la reglaaaaaaa. Yo no quería hacerlo pero el
tipo bello me besó y me besó. Porfaaaaaa, mi Chinita. Ve
que ya casi me voy a graduar del colegio y después voy a la
universidad. Te prometo que no lo vuelvo a hacer. Te rezo
diez salves. Dios te salve María, llena eres de gracia…

La salud

Federico supervisaba la salud de toda la familia. El seguro médico estaba al día y la despensa llena de medicinas. Claro está, en las dolencias femeninas él no intervenía, solamente le interesaba saber que sus hijas gozaban de buena salud. Así que Laura Cristina se encargaba de esos menesteres.

-Voy a llamar a la doctora Suárez. No puede ser que a ninguna de las tres le haya venido la regla. A veces se atrasa o se adelanta una, pero las tres… tiene que ser algo que comieron. Definitivamente. De todas maneras que las vea la doctora para salir de dudas. ¿Y si es anemia?

Los resultados

La secretaria de la doctora Suárez llamó a Laura Cristina. Le dijo que la doctora quería hablar con ella a solas, que dejara a las hijas en la sala de espera. A Laura Cristina se le aguaron los ojos.

-¡Dígame, doctora! ¿Es cáncer?

-Cálmese, Laura, y siéntese. No es nada malo pero tiene que sentarse para escuchar lo que tengo que decirle.

-Ay, Dios mío.

-Esto es muy extraño... Me habían pasado cosas parecidas pero así como esta, nunca. Laura... sus tres hijas están embarazadas. Las tres tienen aproximadamente mes y medio.

-...

-¿Laura? ¿Laura? ¡Ay! ¡Maritza! ¡Maritza! ¡Ayúdame, que se me desmayó la paciente!

La reacción

Con la mano fracturada ya, Federico seguía dándole puñetazos a la pared.

-¡Cálmate, mi vida!

-...

-No le pegues más a la pared, ¡por favor! ¡Ay, Dios mío! ¡Que te está saliendo sangre!

-...

-Esto lo vamos a solucionar. Vas a ver.

-...

-¡Federico! ¡Por favor! Vamos a salir de esto. ¡Estoy segura!

La verdad

Sollozando, las hermanas se sentaron a hablar con su papá. Federico las miraba con los ojos encendidos.

-Mi novio es mayor, tiene veintiocho años. Tenemos seis meses juntos pero no dije nada porque pensaba que no iba a durar mucho.
   -¿Cómo se llama, Carmelina? ¿Dónde lo conociste?
   -Ay, papi...
   -¡Habla! Estoy esperando.
   -Es un empleado tuyo...
   -¿Qué, qué? ¿Quién?
   -Miguel Ángel Quintero.
   -¡¿Cómo?! ¿El técnico de computadoras?
   -¡Cleme! ¿Cleme, qué te pasa? ¡Federico! ¡Clementina se desmayó!
   Laura Catalina, en ese mismo instante comenzó a llorar histéricamente.
   -¡¿Pero qué pasa?!
   -Es que... es que... así se llama mi novio también, papi.
   -¿Cata? ¿Catita linda? ¿Qué pasó?
   -¡No me digas así, mami! Así me dice Miguel Ángel. Él es mi novio. ¡Me dijo que cuando yo cumpliera dieciocho nos íbamos a casar!
   -¡Federico! ¿Adónde vas? ¡Federico! ¡Federico! ¡No te vayas! Ay, Virgencita, ampáranos, por favor.

El periódico

No solo las Pacheco sino toda la ciudad estaban conmocionadas por las noticias.

Sucesos

En horas de la noche del día de ayer, Federico Pacheco, dueño de los cibercafés "En conexión", se convirtió en el autor de una tragedia. Llevado por la ira asesinó de veinte puñaladas a Miguel Ángel Quintero, técnico en computación y empleado de Pacheco. El hecho ocurrió en la residencia de Quintero, ubicada en Las Delicias. Luego Pacheco se dirigió a su oficina y se quitó la vida con un arma de fuego. No hay detalles sobre las razones de estos actos pero se sospecha que tiene ver con Quintero y las hijas adolescentes de Pacheco. Las autoridades están haciendo averiguaciones.

El desenlace

Laura Cristina había mantenido a sus hijas encerradas en la casa durante todo el embarazo. Perdieron año escolar y semestres. Perdieron amistades y oportunidades pues no las dejaba ni hablar por teléfono. Con nadie. Sin excepción. Los tres varones habían nacido en casa y estaban sanos y hermosos. Los tres varones se llamaban Federico.

Al mes de nacidos los bebés, Laura Cristina pasaba cerca del cuarto de Laura Carmelina.

-Es hora de dar pecho. La que necesite un cojín para la espalda que alce la mano.
Las tres, al unísono, lo hicieron.

Tallahassee, agosto 2012

Ultra Soft Plus

Acababa de amanecer. Era sábado y no tenía necesidad de poner el despertador. No tenía que correr a preparar todo y lograr que sus hijos salieran rápido con lonchera en mano y se pararan afuera a esperar el bus. Qué bendición tener la parada justo enfrente de la casa. Abrió los ojos, se puso boca arriba y miró el techo. Respiró profundo. Recuerda a los niños chiquitos con la costumbre de despertarla a las seis de la mañana. Ahora dormían como gente normal y eso era lo que más le gustaba a Sara.

Jorge ya estaba despierto pero seguía acostado. Se ponía a leer el periódico en la tableta hasta que algo viniera a sacarlo de entre las sábanas, por ejemplo el olor a café. Pero todavía ella no pondría a andar la cafetera, todavía no batiría la leche. Sara le dio los buenos días a Jorge y siguió mirando el techo. Se veía precioso, blanco, reluciente, hasta parecía que en algún momento ella lo hubiera limpiado. Sara intentó erguirse para finalmente ponerse de pie; en el momento que lo logró sintió el chorro. ¡Carajo!

Se levantó rápido y fue corriendo al baño. Efectivamente, allí estaba. Una mancha color vino tinto empañaba la tranquilidad de la mañana de Sara. Ella esperaba la visitante mensual dos días más tarde. Salió del baño molesta; fue a buscar otra pantaleta y unos leggins. Como flecha veloz volvió al baño a ponerse ropa limpia después de ducharse.

Luego de haber destetado al segundo hijo, hace ya una eternidad, su menstruación había evolucionado. O quizás había involucionado. Según Sara tenía que ver con los embarazos, con dar la teta o con algo del incomprensible aparato femenino. En cambio a Jorge no le había pasado absolutamente nada. Tenía canas, como toda la gente del planeta, pero su cuerpo seguía igual, solo estaba poniéndose mayor poco a poco. Ahora los períodos de Sara eran incontrolablemente abundantes y duraderos. Entre ocho y diez días tenía que andar con una toalla sanitaria entre las piernas. El ginecólogo le había sugerido tomar pastillas anticonceptivas pues lograban regular los periodos abundantes pero ella no quiso, ¡para algo se había cortado las trompas! Una amiga le sugirió unos tampones que absorbían suficientemente para su caso, pero no, había desarrollado una alergia por la que la última vez que intentó usar uno terminó en la emergencia del hospital, con tratamiento y con una cuenta por pagar de quinientos dólares.

Salió de la ducha y rápidamente se secó con el objetivo de no perder ni un segundo. No quería tener que lavar la alfombra del baño luego de que cayeran gotas incandescentemente rojas. Pensó en Diana luego de ponerse una de las toallas sanitarias milagrosas. Al parecer no solo el bautizo de su hijo mayor la conectaba con su amiga, sino también el hecho de menstruar como mangueras para apagar incendios. Sara se jactaba de hacer todo lo posible para evitar accidentes pues compraba las toallas sanitarias más largas del mercado. Una mañana cualquiera Diana le contó, hablando de todo un poco, que había comprado las nuevas ultra soft plus y que estaba asombrada. Ese mismo día Sara decidió adquirir solo un paquete. Eran caras. Solamente había unos pocos paquetes al final del estante. Pensó que no debía haber muchas mujeres que las utilizaran. Después de usarlas todavía no comprendía cómo algo tan delgado podía albergar tanto líquido. A veces se las quedaba mirando por varios segundos antes de desecharlas. Le pesaba no poder compartir con nadie la imagen que percibía.

Con la ropa interior puesta Sara se relajó un poco. Se sentía un tanto protegida aunque sin duda se mancharía la ropa al menos cuatro veces en el transcurso de los primeros tres días, a pesar de las ultra soft plus. Por ello escogió unos leggins negros. Jorge se levantó e hizo el café. Cuando ella salió del baño Jorge le dio uno con bastante leche y azúcar como a ella le gustaba. Sonrió a pesar de tener una cara de histeria.

Era temprano, todavía dormían sus hijos. Pensó en la pequeña Cristina y cómo se parecía a ella; pensó en que su cuerpo tan de niña pronto comenzaría a cambiar y a convertirse en uno muy parecido al de ella. Tragó un sorbo de café y miró el techo de la cocina. Tan pulcro. Continuó mirando el techo comprendiendo que la vida es injusta porque si no no sería vida. Si seguía pareciéndose tanto a ella, probablemente le tocaría en varios años comprar las ultra soft plus. O quizás inventarán alguna otra cosa aun más efectiva. Para ese momento ya Sara habría pasado la menopausia por lo que la experiencia que podría brindarle a su hija sería ilimitada. Luego bajó la vista, la posó en Jorge, tan tranquilo tomándose un café, sin ningún tipo de perturbación corporal en ese preciso segundo. Lo imaginó viejo, con problemas de próstata, yendo al baño a cada rato y, aunque sonrió maliciosamente por dos segundos, volvió a pensar en la vida, en lo injusta que puede ser. Sintió unas manos pequeñas que delicadamente la abrazaron por la cintura y además escuchó un te quiero de una voz todavía infantil pero un tanto más gruesa. Ella no entendía por qué después de tanta angustia y visitas al obstetra de alto riesgo, tantas complicaciones, tanto dolor en los partos, ¡y en los pospartos!, hemorroides, heridas cicatrizantes, pezones agrietados y sangrantes, no comprendía por qué después de varios años todavía tenía que llevar sombras consigo. Estando parada sintió un chorro muy fuerte y un tirón en el vientre. Tomó una gran cantidad de café que le calentó la garganta y pensó en los pantalones negros que tenía que ponerse toda la semana para esconder aquello que empezó a mancharla después de tener hijos. Otro chorro a propulsión se deslizó pero esta vez encontró un espacio para escaparse de donde debía quedarse escondido, como un secreto aberrante, como una letra escarlata.

Worcester, marzo 2018

No llores, mi reina

Siempre te he dicho que hay otra Lara Cristina y que por ella te puse tu nombre. Algún día posiblemente la conocerás, si es que volvemos a esa ciudad en la que naciste. He esperado mucho tiempo para contarte esto. Esperé a que parieras.

Cuando yo tenía diecisiete años estaba sola. Todos se habían muerto ya. Quería irme y salvar mi vida. No tenía ningún motivo para quedarme. No quería morir como todos los de mi barrio. Me habían dicho que siempre buscaban muchachas para limpiar casas del otro lado. Así conocí a Ernestina, la mujer que se ganaba la vida pasando gente por la frontera. Como no tenía cómo pagarle mi pasaje, porque así lo llamaba la condenada, le pagué con trabajo por un mes. Le cociné las tres comidas por todo ese tiempo sin recibir nada, solamente la esperanza que me pasara al final del acuerdo. Y realmente al final llegué aquí, ya sabes, pero el acuerdo no se cumplió como esperaba.

Yo me daba cuenta de que la vieja Ernestina pasaba gente y pasaba gente y pasaba gente. Se iba de la casa como por tres días y volvía con plata en el bolsillo. Y además también volvía con un pedazo de queso de cabra riquísimo. Lo probé una vez que le robé un pellisquito cuando ella no estaba en el rancho. Ese queso no era del pueblo, imposible; así que comencé a atar cabos y me di cuenta que la muy desgraciada me tenía de esclava esperando mientras pasaba a otra gente para el otro lado, y cada vez que se daba una vuelta por la frontera, se traía un queso de cabra para comérselo ella sola.

Decidí entonces que la próxima vez que me dijera que iba a estar ausente por tres días, yo la iba a seguir y cuando ya fuera a cruzar la frontera con el grupo de gente me le iba a aparecer y ella no iba a tener más remedio que pasarme a mí también. Qué tonta.

Unos días antes del siguiente viaje de Ernestina llegó a su casa su nieto Israel. Era un tipo joven, de veintipico de años, fuertote y con cara de burro. Horrible. Se veía un poco raro, como sucio, pero yo no le prestaba mucha atención. Es más, ni cruzaba palabra con él, solamente hacía lo que tenía que hacer, cocinar y limpiar la casa; total ya había cuadrado mi plan.

El día del viaje de Ernestina, un jueves, no se me olvida, yo tenía mi bolsito listo con un pantalón y un pan con queso robado. Ella sin sospechar nada se despidió de mí a eso de las nueve de la noche y comenzó a caminar vereda abajo. Salí detrás de ella como a una cuadra de distancia escondiéndome detrás de cada árbol que conseguía en el camino.

No pasaron muchos minutos antes de llegar a la ciénaga que había que atravesar por un puentecito a medio construir, saltando entre sapos y alimañas y cuidándote de no caer. Esperé que Ernestina pasara completamente antes de empezar yo, para que no me viera. Al otro lado la estaban esperando las tres muchachas que iba a cruzar esa noche.

En el preciso momento en que iba a apoyar mi pie derecho en la primera tabla del puente, sentí una mano en mi hombro que me jaló y desgarró la blusa que llevaba puesta. Inmediatamente vi mi bolsito en medio del lodo, el pan nadando en el barro y mi pelo que colgaba y tapaba mi cara a medida que el viento me daba cachetadas. Quien me llevaba iba corriendo conmigo encima, y yo iba golpeando con mis puños aquella espalda sudorosa y de muy mal olor sobre la que caía mi pecho. A lo lejos vi cómo caminaba Ernestina.

La llamé varias veces pero estaba lejos. El tiempo pasó muy rápido y en unos segundos me encontré en medio de un basurero, un lugar que olía muy mal y que era muy estrecho, detrás de unos edificios. No había luz y no podía escuchar nada tampoco. Me aplastaba un cuerpo que paralizaba mis movimientos y que rápidamente iba bajándome los pantalones. No tuve tiempo ni de gritar ni de respirar, con la boca aprisionada por una palma pesada y áspera y con ese sudor hediondo a ajo que se mezclaba con el mío pasó lo que te estás imaginando. Sentí como si una navaja entraba y me perforaba una y otra vez y me rompía y me rompía y me rompía. Antes de caer inconsciente escuché un "qué rico" y atiné a darme cuenta que la voz era de Israel.

Cuando volví en mí no sé cuánto tiempo después me paré como pude, me arreglé los pantalones con un dolor atenuante entre las piernas y comencé a caminar, desorientada y coja, sin recordar ni siquiera por qué estaba sola por la noche y sabe Dios dónde. Tuve ramalazos de memoria de lo sucedido, me eché a llorar, seguí cojeando, me limpiaba el barro con mi propia saliva y seguía caminando. En ese momento con tanta vergüenza no pensé en buscar ayuda; si veía a una persona por ahí me escondía detrás de lo que fuera, pero no quería que nadie me viera así, ultrajada, sucia.

Aunque no lo creas crucé la ciénaga y cuando lo hice encontré el pantalón que yo había metido en el bolso, en una de las tablas del puente. Lo agarré y me arrodillé a rezar; parecía que Dios no me había abandonado totalmente. Seguí caminando por mucho tiempo con ese dolor insoportable hasta que no sé cómo llegué a una bomba de gasolina que estaba justo antes de cruzar la frontera. Me escondí por mucho tiempo, no sé cuánto, y creo que hasta me quedé dormida. Cuando estaba saliendo el sol, me encandilé y me di cuenta que tenía un ojo a medio abrir. Hinchado. Estaba muy hinchado. Ese miserable me dio varios golpes. Con el ojo bueno vi que llegaba un camión lleno de heno a poner gasolina. Antes de arrancar, al tipo que iba manejando le dieron ganas de fumarse un cigarro bajo un árbol que estaba en la esquina. Aproveché la oportunidad. Lentamente y sin hacer ruido llegué a la parte de atrás. Me metí. Me tapé todita con la yerba y comencé a respirar profundo. Me sentía a salvo. A algún lugar iría.

Pasé la frontera sin darme cuenta. Al comenzar a bajar el heno en la parada que hizo, el chofer se puso bravísimo cuando me encontró escondida pero yo con un poquito más de fuerzas eché a correr. Llegué a un caserío donde la gente criaba chivos y pedí ayuda. Una goajira muy vieja que no hablaba español me hizo entrar a su rancho y me dio leche y pan. Me limpió las heridas, me curó el ojo y me dio una estera para dormir. Al otro día me dio una manta de ella y me agarró por el brazo. Me haló con fuerza para llevarme adonde estaba un hombre al cual le dijo unas palabras que yo no entendí. El goajiro me hizo seña apuntando la parte de atrás de su camioneta. Me monté y vi cómo cincuenta ojos me miraban con languidez y sin amenaza. Había veinticinco chivos que serían mis compañeros de viaje.

En una de las paradas que hizo en medio de la ciudad, que por cierto ya me atribulaba y abrumaba, me bajé sin que se diera cuenta y me puse a caminar. Era un sector muy bonito, con casas grandes de ladrillo y calles de asfalto. Toqué de casa en casa preguntando si necesitaban una muchacha para limpiar. En más de una docena me dijeron que no, en otras ni me abrieron la puerta, pero yo seguía intentando. Ya en horas de la noche una señora me miró de pies a cabeza y me preguntó que si yo era goajira. Le dije que no, que me habían regalado la manta que llevaba puesta. Después de dudar un poco, vi que sacó una llave de su bolsillo y abrió el candado de la reja. La mujer estaba desesperada porque se le había ido la muchacha que tenía y necesitaba una que limpiara y cocinara mientras ella trabajaba. Así que con un poco de temor, me dejó entrar y me dio trabajo. Se llamaba

Luisa, estaba casada y tenía dos niños, un varón de diez años que se llamaba Juan Pablo y una niñita linda que se llamaba Lara Cristina.

No llores, mi reina, que esta es una historia del pasado. El presente eres tú y esa linda florecita que acabas de tener. Espera a que termine de contarte pues todavía no acabo. Ahora viene la parte linda del asunto.

Comencé a trabajar con la señora Luisa haciendo oficios de lunes a sábado. El domingo lo tenía libre pero como yo no tenía adonde ir siempre me quedaba viendo la televisión o escuchando la radio. Sin preguntar mucho Luisa me fue dando un poco de ropa, pienso que notó que me ponía la manta todos los días, hasta para dormir. La ropa me quedaba un poco grande pues era de ella, más alta y gruesa que yo. Sin embargo, con esa ropa que me daba me fui componiendo un poco y con el primer sueldo le pedí que me comprara unos zapatos cómodos y unas chancletas. Ella me dijo que fuera yo en mi día libre pero yo le dije que prefería que ella me los comprara porque yo no sabía manejar bien la moneda y me podían robar. Luisa era muy reservada e inteligente y sin decir nada se apareció al otro día con unas gomitas y unas chancletas. Por supuesto se dio cuenta que yo era indocumentada y por eso no quería salir. Esa era una de las razones, sin embargo había otra más: el miedo a la noche, al sudor de hombre y al mal olor.

En la casa, que era grande y espaciosa, había un cuarto pequeño destinado a una muchacha de limpieza y justo al lado había un baño que yo usaba. Me sentía protegida dentro de las paredes de la casa y hacía mi trabajo lo mejor que podía. A la hora de la cena y los fines de semana Luisa me enseñaba a cocinar con la sazón de ella para que sobre todo Lara Cristina se alimentara porque era muy difícil para comer. El señor de la casa, un doctor, era muy estricto y siempre andaba ocupado, entonces había que tener el almuerzo listo a la hora que él llegaba.

A pesar de que tenía mucho trabajo, pues la casa era muy grande, me sentía bien. Me daban toda la comida, cosas de aseo personal y ropa. Nunca me maltrataron. Juan Pablo juagaba pelota después de hacer la tarea todas las tardes y Lara Cristina pasaba horas con las muñecas en su cuarto, así que los niños no me daban guerra y podía hacer el trabajo sin problemas. La niña era muy dulce y venía a visitarme a la cocina o a mi cuarto con una muñeca en la mano para contarme cosas. Me contaba de sus abuelas y de sus primos y de sus amiguitas del colegio. Cuando llegaba Luisa de trabajar se le llenaban los ojitos de luz y salía corriendo a abrazarla. El doctor llegaba un poco más tarde y me sonreía aunque no hablaba mucho conmigo. Le gustaba ver la televisión de noche y jugar un rato con los niños antes de que se fueran a dormir.

Luisa iba a la oficina muy arreglada; siempre con chaqueta y falda. Además todos los días salía con el pelo a tono y bien maquillada. Yo no entendía en qué trabajaba hasta que un día me atreví a preguntarle. Ella me dijo que había sido enfermera por muchos años y que ahora trabajaba para el gobierno en una oficina que se encargaba de organizar cosas para hospitales de la ciudad. Algo así como administrativo. Ella me explicó más pero yo no entendí mucho. Me eché a reír, sin embargo, porque me di cuenta ella era enfermera y el señor era doctor, como una pareja de telenovela. Con mi inocencia Luisa se sonrió por lo que me contó cómo se conocieron y luego se casaron.

Al pasar como dos meses comencé a preocuparme. Todo iba bien allí pero yo estaba asustada. No me había venido la regla. Comencé a desesperarme al tercer mes y le pregunté a Luisa si podía llevarme a hacerme un examen de salud. Yo juraba que estaba enferma, anémica. Ella me llevó a un hospital, haciéndome creer que sí, que seguro era anemia y que para eso me tenían que hacer un examen de sangre. Pero el resultado fue algo muy diferente. Estaba embarazada. Estaba esperándote a ti.

Luisa decidió decirme como a la semana, una noche que todo estaba tranquilo por la casa y los niños ya estaban dormidos. El doctor estaba viendo televisión en la salita de estar y ella me llamó a la cocina. Me entregó los resultados y un poco molesta me preguntó por qué le había mentido. Yo, con la verdad en la mano, le dije que no le había mentido, que yo pensaba que estaba enferma y me puse a llorar. Le pregunté que si me iba a botar y temblando esperé la respuesta. Me dijo que tenía que pensarlo.

Esa noche no dormí, ni esa, ni todas las de esa semana. Me puse ojerosa y no quería comer. Me estaban dando ganas de jalarme los pelos, me entró una desesperación horrible.

Rezaba todas las noches para que no me botara y al mismo tiempo para que Dios me perdonara porque no quería tener el bebé que llevaba dentro. ¡Pero no llores, mi reina! Tengo que contarte todo, aunque me duela, aunque te duela a ti.

Como a la semana Luisa me llamó a la cocina de nuevo y antes de que me dijera nada yo me le adelanté y le mencioné que como yo sabía que ella era enfermera yo quería que ella me pusiera una ampolleta. Sí, yo no gastaba casi nada de mi sueldo y tenía dinero ahorrado. Le dije que me pusiera una ampolleta para perder el bebé. Le dije que no quería tenerlo, que me ayudara porque ella podía comprarme una. No pude terminar de pedirle el favor porque de un manotazo en la mesa me hizo callar y me gritó, como nunca lo había hecho. Con el ceño fruncido me dijo que no, que jamás haría eso ni por mí ni por nadie. Que quién me mandaba a mí a tener relaciones sin control, que ahora asumiera mis responsabilidades, que agarrara mis maletas y me fuera. Y yo, con temblor en las piernas le dije: "yo no quise, señora, yo no quise" y me tapé los ojos con las manos. Luisa se sentó, respiró y entendió todo. Luego me sirvió un vaso de agua y me pidió que le contara lo sucedido. Finalmente me dijo que la solución de la ampolleta estaba descartada y que me iba a estar vigilando para que no intentara hacer ninguna locura pero que al otro día me daría otra mejor.

La noche siguiente se sentó conmigo y me dijo: "dame al niño, yo lo crío." Luisa había hablado con el doctor porque quería quedarse con el bebé, si yo lo quería abortar mejor que se lo diera a ella y que luego me fuera, así el niño tendría una familia y yo podría ahorrar un poco de dinero para una nueva vida en otro sitio. A Luisa le encantaban los niños y al doctor también. No lo pensé dos veces e inmediatamente le dije que sí.

Luisa se hizo cargo de mí, de mi alimentación, ropa y control médico durante todo el embarazo. Me llevaba a las consultas, me daba las noches libres para que descansara mientras ella se ocupaba de la cena y hasta me consentía de vez en cuando. Los dos últimos meses del embarazo contrató a una mujer que venía una vez a la semana a lavar los baños y a planchar para que yo no hiciera tanto esfuerzo. Siendo enfermera y habiendo tenido dos hijos sabía lo que era estar embarazada.

Luisa además habló con una amiga que tenía en la maternidad donde yo daría a luz y le contó la situación. Esta amiga, también enfermera, tramitó todo para que cuando yo ingresara con trabajo de parto y naciera el bebé, este saliera con el apellido de Luisa y el doctor, es decir, para que pareciera que lo hubiera parido ella y no hubiera problemas legales más adelante. Estaba todo planeado.

Una noche me empezaron los dolores y esperé a que llegara Luisa. Cuando todos estaban en casa y Luisa salió corriendo conmigo para el hospital, decía que por ser tan joven seguro que pariría rápido y no había tiempo que perder. El doctor se quedó con los niños y nosotras nos fuimos. Ya en el carro sentía que la cadera me iba a explotar y que el cráneo se me iba a abrir en dos. Al bajarme en la puerta del hospital rompí fuente y sentí ganas de pujar. Todo pasó muy rápido.

La amiga de Luisa estaba esperando adentro de la maternidad. Me llevaron corriendo a sala de parto porque tú ya habías coronado. Luisa tenía razón, estaba a punto de parir. Recuerda que en ese tiempo no se sabía el sexo del bebé así que no sabía que eras hembra, y creo que ni había pensado en esa posibilidad. En ese instante quería ya terminar porque el dolor era tremendo. Luisa no entró a la sala de parto, se quedó esperando afuera. Así que con el obstetra de guardia, dos enfermeras ayudantes y la amiga de Luisa agarrándome la mano seguí respira que respira y puja que puja. La cabeza salió rapidito, pero los hombritos se trancaron un poco. Parecía que no habías girado lo suficiente. Yo estaba ya despidiéndome de este mundo, rezando, diciéndole a Dios que me guardara en su gloria porque no podía soportar un minuto más de ese dolor. Estaba con las piernas abiertas y con la sensación de que se me estaba desprendiendo la mitad del cuerpo de un tajo, cuando por fin, en un pujo que no sé de dónde llegó, saliste por completo y arrancaste a llorar. Habías nacido.

Cuando el obstetra cortó el cordón umbilical y tú llorabas de vitalidad, él quiso ponerte en mis brazos y yo volteé la cara. No quería ver al bebé, ni siquiera sabía que era hembra. Hasta allí había llegado el convenio, ahora que Luisa se ocupara de la criatura. Yo había cumplido mi parte. Solamente necesitaba que me limpiaran la sangre que me corría y quería olvidarme de todo, del sudor, de la fetidez y de las penas.

La amiga de Luisa la llamó, le dio detalles del parto y de mi reacción. Como se había acordado ella tenía los papeles listos, nada más hacía falta que Luisa los firmara para meterlos a expediente. Tú te quedarías en retén por dos días y saldrías de brazos de Luisa como si te hubiera parido ella.

Luisa observó los papeles y con el bolígrafo en la mano se detuvo unos segundos a pensar. De repente dijo: "que le dé pecho." La amiga se la quedó mirando. "Que le dé pecho," repitió, "si después de darle no la quiere, entonces firmo los papeles y la crío. Pero que le dé pecho primero."

La amiga de Luisa se fue sin decir nada, con los papeles en mano. Entró a la sala y le dijo a una enfermera que te trajera. Ya estabas limpia de toda esa cera con la que naciste. Ella me dijo que tenía que darte pecho porque no tenían leche en la maternidad en ese momento y tenías que comer. Que era un favor que me estaba pidiendo. Yo le dije que sí, pensaba que debía pagar los favores que me estaban haciendo a mí. Así que te trajeron, envuelta en una sabanita blanca, me acuerdo, con rayitas amarillas. Tenías los ojos cerrados y las manitos junticas. Yo pensaba que estabas dormida pero cuando la amiga de Luisa te puso cerca de mi pecho comenzaste a abrir la boquita para comer. Ella misma me agarró el seno y me enseñó a ponértelo en la boca. Tú comenzaste a mamar con mucha fuerza y con mucha hambre. Me dolió un poco al principio pero después se me pasó. Parecía que tú sabías más que yo cómo era que se mamaba. Y ahí estuviste, en toda tu gloria, y allí se construyó el puente que me unió a ti. Te pasé mi leche y te pasé mi amor. Recordé el puente de la ciénaga y la frontera. Recordé cuando caí y cuando me levanté pero esta vez todo me olía a rosas. Todo me olía a ti. Me di cuenta que no podría separarme de ti.

Después de una hora más o menos la amiga de Luisa la fue a buscar y le dijo que entrara a la sala. Ahí estaba yo, contigo en brazos, tocándote la frente y contemplándote. "Lara Cristina," le dije a Luisa al entrar, "se llama Lara Cristina." Te miró, te tocó los dedos de las manos y me dijo que en dos días vendría a buscarnos.

Después de un par de semanas de estar en la casa, ya con más práctica con la lactancia y más calmada, Luisa habló conmigo. Tenía unos conocidos en oriente que necesitaban una cocinera para su restaurante. Ella les habló de mí y de ti, y a esa pareja de viejos jubilados les gustó la idea de llenar el lugar de juventud y ternura. Así que a los tres meses de nacida, ya que estabas más fuertecita, Luisa y el doctor me mandaron contigo a oriente. Allí me esperaría la señora del restaurante y empezaríamos una nueva vida.

Me despedí de Luisa con lágrimas en los ojos pero con una sonrisa inmensa. Me despedí del doctor, del niño Juan Pablo y finalmente de Lara Cristina. La niña me miraba triste con su muñeca en brazos y me decía que volviera pronto para poder jugar contigo. Le hice una promesa, le dije que volvería. Siempre te había dicho que había otra Lara Cristina y que por ella te puse tu nombre. No llores, mi reina. La conocerás y verás la ciudad donde naciste, yo diría que eso será pronto, porque las promesas se cumplen y ahora que has parido entiendes lo que te digo. Ahora es el momento de volver.

Tallahassee, agosto 2012

Shampoo and Style

-¡Que no me lo voy a estirar!

Salió de la casa molesta. Todavía le incomodaba que su madre le sugiriera peinarse de otra forma.

En el bus se topó con Fernando. Tan arreglado como siempre, con los poros emanando frescura. El olor de la loción para después de afeitar la controlaba; era como una de esas flautas que usan los encantadores de serpientes.

Al salir del bus lo siguió y no fue hasta que él se volteó y saludó a alguien más que ella se percató de haberse bajado antes de tiempo. ¡Agh! Le había pasado de nuevo y como de costumbre, él no se había dado cuenta.

-No es por mi pelo, ¡carajo! Me veo bien. Es otra cosa. No se da cuenta que existo por otra razón pero no sé por qué.

Después de largas discusiones con su madre y arrepentida de haberle contado que Fernando no notaba que ella existía a pesar de estar juntos en tres clases en la universidad, decidió averiguar qué era lo que la hacía invisible para los ojos de este oloroso muchacho.

Nadie podría usar la palabra guapo para describirlo. Era más bien feón, como decía su madre. En eso sí estaba de acuerdo. Sin embargo, su papá, que en paz descanse, no había sido agraciado en lo absoluto, así que su mamá no podía reclamarle. Tenía el cuerpo rechoncho, del tipo sin cuello. A veces le daba un poco de grima cuando se acordaba que la barbilla le pegaba prácticamente al pecho. Pero el olor; eso era otra cosa. Cuando veía cartoons con Tina, su hermana menor, se reía de ese perrito que iba volando siguiendo el aroma de una pata de pavo. Se imaginaba a ella misma con cara de perrito y a Fernando en forma de pata de pavo. Le gustaba.

Ya casi llegaban los midterms y tenía muchísimo que estudiar. La carrera de Inglés le encantaba pero hacía unos meses que había visto unos anuncios por los pasillos del edificio donde ofrecían un minor en Español y bueno, como su madre solo le hablaba en ese idioma, tenía ventaja. Decidió aprovechar la oportunidad a pesar de que su madre no le encontraba sentido alguno a estudiar dos cosas que ya sabía; inglés y español. Ese semestre, para adelantar, se inscribió en tres clases de la concentración y allí fue que conoció a Fernando. A veces se arrepentía de no haberse decidido por un double major para seguir viéndolo pero le faltaba poco para graduarse. Su madre no quería que trabajara, quería que se dedicara solamente a los estudios.

Ella no quería alargarla más, pensaba que había llegado el momento de empezar a ayudarla con los gastos de la casa.

Fernando sabía mucho y además era tierno. Quería ser maestro bilingüe de primaria.

-¡Qué cute! ¡Cómo no querer salir con él!

Algo tenía que estar pasando. Algo de lo que ella no se daba cuenta. Mientras tomaba un break en la biblioteca para estirar las piernas y volver a estudiar, empezó por recorrer mentalmente cada parte de su cuerpo tratando de identificar qué era lo que la hacía convertirse en algo insignificante. Tenía bien el cutis; su madre se encargaba de ponerle mascarillas caseras cada fin de semana.

-¡Para que no tengas arrugas de vieja antes de los treinta!

No estaba gorda. Tenía un poco de celulitis pero eso no se le veía con la ropa puesta, aunque no entendía la aversión hacia esa expresión del cuerpo. Se bañaba todos los días y se echaba colonia, barata, la Jean Nate del supermercado, pero olía rico, era la misma que solía usar su abuela y lo único que recordaba de cuando vivían allá. El aroma de su abuela. Usaba leggins porque estaban de moda, se sentía cómoda y además no costaban mucha plata. De cara era bonita, eso le decían, hasta en la calle le echaban piropos. Tina la comparaba con las princesas de la tele pero claro, eso no contaba. Los niños ven con ojos de amor a todo el mundo.

-¡Tiene que ser el pelo, chica! Es que siempre andas con las greñas alborotadas.

Había sacado el pelo de su padre: apretado y rebelde. Generalmente no se ponía nada en el cabello porque le daba dolor de cabeza. Siempre llevaba la melena suelta y no le incomodaba para hacer las cosas que tenía que hacer. ¿Por qué habría de hacerlo? Su madre y Tina tenían el pelo ondulado en las puntas pero liso en la raíz. Realmente era muy fácil hacerle colas y trenzas a la niña para ir a la escuela. Su madre lo llevaba corto, con un peinado de vieja, pero se le veía bien, o sea, vieja estaba, eso no se podía negar.

Siguió pensando en su cuerpo y recordó la vez que su madre, con mucho esfuerzo, le compró una plancha. Tenía catorce años e iban a la fiesta de quinceañera de una prima. Su madre era costurera de oficio y muy buena. Con mucha emoción le hizo un vestido azul muy bonito; de verdad. Para no hacerla sentir mal dejó que le planchara el pelo. Cuando se miró al espejo le vino a la mente la imagen de Puffy, el perrito que tenía cuando era niña. Al momento de bañarlo se veía flaco, como un palo, pero una vez que se le secaba el pelo se veía gordito y saludable. En el espejo vio una Puffy recién bañada y vestida de azul. La melena había desaparecido; sobre sus hombros caían tiras de algodón prensado. Definitivamente mejor se veía su pelo al natural. Su pelo era bonito.

Con esa memoria se despertó en la mesa de la biblioteca. Había desperdiciado un rato de estudio pensando en su cuerpo.

Se dijo a sí misma que tenía que concentrarse porque al fin y al cabo estaba en la universidad para graduarse. Pasó todos los midterms. Aunque no estaba satisfecha con el de Literatura Latinoamericana contemporánea, sintió que en general hizo un buen trabajo. Todos estaban muy cansados después de tantos exámenes y el profesor les puso una película en clase. Lo indicó en el syllabus desde el principio. El profesor sabía que con tanto estrés los estudiantes no harían mucho trabajo intelectual por sí solos esa semana. Cuando vio el título de la película no podía creerlo: "Pelo malo."

-Es que ese pelo malo tuyo es muy rebelde.

Le retumbaban las palabras de su madre. ¿Quién carajo habría inventado esa frase? ¿Quién dijo que había un pelo malo y otro bueno? Al parecer unas personas nacían perfectas y otras nacían con un defecto.

-¡Que no! ¡Pelo es pelo! No me digas que es malo.

El profesor les dijo que hicieran grupos después de ver la película y les dio una lista de preguntas. De casualidad, y por estar sentada cerca de él, le tocó unirse al grupo donde estaba Fernando. Por primera vez sintió que la miraba a los ojos.

-¿Cómo te llamas?

Muda. No le salían las palabras. Estaba petrificada. Por la algarabía del salón y las palabras del profesor indicando lo que debían hacer, Fernando no se dio cuenta de que ella no lograba mover la lengua para emitir palabra. Y así estuvo los diez minutos destinados a analizar los temas de la película.

"Sacó el pelo malo," había escuchado decir muchas veces cuando nacían bebés de la familia. "No importa porque es varón." Le molestaba de igual forma esa otra frase. La película le había dado una especie de argumento para discutir con su familia de ahora en adelante. Ese niño que quería alisarse el cabello para poder salir guapo en la foto de la escuela era un ejemplo de lo que le pasaba a ella y a todas las que nacían con la melena desordenada.

Salió del aula contenta con la discusión aunque frustrada al mismo tiempo por perder la oportunidad de hablar con Fernando. Justo después de escuchar una conversación sobre cabellos, de camino a su casa le pasó algo muy raro. La acosaron dos adolescentes que no la dejaban caminar. Le pedían que llenara una planilla para una rifa del salón de belleza del barrio. No se enteró bien cuál sería el premio pero la llenó muy rápidamente para zafarse y no perder más tiempo. No quería hablar con gente extraña para indagar más sobre el concurso.

-¡Tú no eres tímida, chica!

Su madre tenía razón. La timidez no sobresalía en su personalidad pero con él era diferente. Las siguientes clases pasaron volando como todas las cosas del semestre y no hubo ningún otro contacto con él. Empezaba a creer que la invisibilidad era una característica que la definía. Aunque Fernando era un poco serio, tenía muchos amigos y se notaba que salían los fines de semana porque los escuchaba hablar de eso por los pasillos.

Pensando en ella misma reparó en el hecho que no tenía amistades. Ni una amiga con quien chismear. Nada. Se quedó atónita. Se le pasaron por la mente diferentes escenas de ella saludando a estudiantes de la universidad. Vio sonrisas, vio manos moviéndose, escuchó hey wassup, sintió unas palmadas en la espalda. Nada más. No vio caminatas con alguien a su lado, no llenó su lista de contactos con números de teléfonos, no fue al cine, no compartió nada en Snapchat. Tampoco salía con los vecinos de su edad, no sabía bien qué hacían, incluso, a pesar de intentarlo con mucha fuerza, no pudo recordar los nombres de algunos de ellos. Era increíble lo que le estaba pasando.

-¡Cómo no me había dado cuenta de esto!

Enfrascada en salir adelante, en estudiar, en graduarse para luego ayudar a su madre, se le habían pasado varios años. Cuando era freshman en high school tuvo un novio. Se lo ocultó a su mamá; al fin de cuentas se veían solamente en la escuela. También tenía amigas, buenas amigas. No recuerda que pasó después. No recuerda por qué no hablaron más. Quizás el problema radicaba en ella, quizás por su propia manera de ser Fernando no se enteraba que existía.

Una noche su madre estaba en la cocina preparando varios almuerzos para congelar. Tina ya estaba dormida. Le preguntó, a regañadientes, si pensaba que ella era una antisocial.

-¡Qué cosas dices, mija! Lo que pasa es que no sales porque te la pasas lee que lee.

Su afición por la literatura se había incrementado después de haber empezado el minor en Español. Ya no solo leía American literature sino que estaba llenando su lista de los grandes escritores latinoamericanos y españoles. Horacio Quiroga la había cautivado de tal forma que soñaba con almohadones llenos de plumas y con humanos errantes que degollaban gallinas. Muchas veces sentía que no le alcanzaría el tiempo para leer lo que no había leído desde niña. Se propuso comprar un libro para Tina con cada cheque cuando empezara a trabajar. Sentía que su hermana todavía estaba a tiempo de leer todo lo necesario para la vida.

-¿Por qué no llamas a la hija de Amalia? Es decente, buena muchacha. Sal con ella.

Terminó el semestre y la esperanza de ver a Fernando frecuentemente desapareció. El verano estaba por empezar y la gente se dispersaba. Era como si pasara una aspiradora gigante llevándose a todos y dejando cada rincón limpio. No había ruido, nada pasaba, no se veía a nadie por los pasillos de la universidad. Solo algunas clases solitarias formadas por estudiantes que tenían que adelantar para poder graduarse antes de tiempo. Ella no era una de esas. Cada verano se quedaba en casa cuidando a Tina. No había plata para un daycare.

Sonó el teléfono y le extrañó oír que preguntaban por

ella. La peluquería de la esquina le informaba que había ganado la rifa y que tenía un mes para ir a recibir su premio. Incluía la opción de tinte o corte más shampoo and style. Realmente no quería ir y pidió traspasar el premio a su mamá. Le dijeron que no.

-¿Cómo que no quieres ir? ¡Ahí te pueden arreglar ese pelo tuyo!

Se fue a su cuarto sin decir nada. Cerró la puerta y apagó la luz. Ni siquiera se cambió de ropa. No había nada que arreglar.

-My hair is fine! Fucking carajo!

Lo que más le molestaba era que su madre no se diera cuenta de que ella se ponía furiosa.

Saludó a Lorena, la hija de Amalia, cuando llevaba a Tina para el colegio. Caminaba agarrando la mano de la niña para que no saliera corriendo como un caballo y cruzara la calle sin mirar. Lorena la saludó también. Para ese verano, en vez de limpiar su cuarto, hacer ejercicios o escribir una novela, se había puesto como meta lograr que Lorena la invitara a salir con su grupo de amigos. Observó por varios días la dinámica de la cuadra e indudablemente esa muchacha era muy popular en el barrio. Salía tres minutos más temprano con Tina para tener tiempo de detenerse unos segundos en casa de Lorena. Cada mañana añadía una frase nueva. La distancia se iba estrechando.

-¿Qué te parece si me lo pinto de rojo?

Había entablado una especie de relación amistosa
con Lorena. Fue algo muy raro. Ella misma lo sabía. Fue
premeditado. Necesitaba una amiga y decidió cautivarla con
el tema de la belleza, el maquillaje y esas cosas. Lorena era
muy coqueta. Le mencionó el color rojo por hablar de algo.
En el fondo jamás habría considerado pintarse el pelo de
ningún color. Lorena le dijo que había una fiesta en casa de
un amigo de la cuadra de abajo, del bloque seis, y le rogó que
se lo pintara ese día. Haría una entrada triunfal.

-If I had your hair I would dye it every month!

Cuando entró a la casa, escuchó un grito de asombro.
El rojo era chillón. La madre iba detrás de ella mientras daba
vueltas por la sala. No paraba de escuchar dios mío, dios
mío. Su madre estaba en shock. En el fondo ella también
lo estaba. Del shampoo and style únicamente aceptó el
shampoo. No quiso que le cambiaran la forma, el volumen,
el desorden de su cabello. El color, sin embargo, lo aceptó
sin pensarlo dos veces. Solo se vio en el espejo fugazmente
antes de salir de la peluquería y tragó fuerte. Ahora todos,
todos, todos se darían cuenta que ella era un ser viviente.

Se puso unos jeans ajustados y una blusa de tiros
brillante que era de su mamá cuando era joven. Ella no tenía
blusas para salir de noche. Nunca salía de noche. Tampoco
tenía tacones. Escogió unas botas de vaquera que iban bien
con todo. Se maquilló los ojos muy negros, con una franja

Desordenadas

que terminaba en rabo. Un color vino muy oscuro adornó sus labios. Se metió el celular en el bolsillo derecho de atrás y el ID en el izquierdo. Vio diez dólares que había dejado sobre su cama, los agarró y los guardó en un bolsillo delantero. Cogió sus llaves y salió de la casa. Al escuchar a su madre gritar con desesperación en el porche se volteó y le dijo que no se preocupara.

-Todo va a estar bien. Solo quiero pasarla chévere. Vete a dormir.

Se fue caminando vereda abajo para encontrarse con Lorena. Ellas dos y varios vecinos del barrio irían juntos a pie. La lluvia de wows le cayó encima seguida de abrazos y high fives. A ellos les había gustado. Sacó el pecho; parecía un pavo real, orgullosa de su aspecto. Fueron entrando uno a uno por la estrecha puerta del lugar. La fiesta ya estaba prendida. Había gente, muchos jóvenes que en su vida había visto. Sus ojos se convirtieron en un lente panorámico y le dieron un sentido general del evento en el que se encontraba. En ese momento lo vio. En el medio de todo. Con una cerveza en la mano. Fernando.

Por unos minutos se quedó catatónica. No podía moverse, no lograba dar un paso. Estaba clavada en el piso, no emitía ningún sonido y tampoco oía nada. Veía la cara de Lorena y su boca moviéndose pero no escuchaba palabra alguna. Un empujón de los que bailaban a su costado la hizo reaccionar al caer al suelo. Entre varios la ayudaron a pararse. Fernando, al parecer, ni se había percatado. Seguía con su cerveza en la mano, ahora mirando a otro lado, hablando con alguien más, sonriendo como si el mundo fuera suyo.

-Son of a bitch! Tengo el pelo rojo ahora. ¿Que no lo ves?

Todos los que bailaban pararon de hacerlo cuando oyeron la botella que se estrellaba contra el piso. Ella le había arrancado la cerveza a Fernando y la había reventado. Ella, con sus manos. Fernando abrió la boca sorprendido. Sin cerveza se veía desprotegido y hasta desubicado. Ella contenía en su garganta los hijo de puta que quería decirle. Quería insultarlo en español, quería volver a insultarlo en inglés.

Sintió un apretón; era Lorena que intentaba jalarla por el codo. No le hizo caso y se soltó. Siguió parada en el mismo lugar frente a Fernando. Los ojos de él no podían hacer contacto con los de ella, la evadían y trataban de escabullirse mirando a otro lado. Todo estaba oscuro, todo, incluyendo la ropa de los que se divertían en la fiesta. Había mucho gris, negro, marrón, un poco de ocre. Su pelo sobresalía entre el tumulto de gente y resaltaba con la luz tenue que hechizaba el lugar. La tensión seguía pero nada pasaba, nadie hacía nada, ni ella, ni Fernando, ni nadie. El tiempo pasaba muy lento. De repente no lo vio. Una figura grande se había interpuesto entre ellos. Subió la mirada y notó que unos ojos negros bajo unas cejas muy gruesas la observaban. No tuvo tiempo de decir nada. La respiración se le apagó por unos segundos cuando ese muchacho desconocido comenzó a besarla. El baile se reanudó y la euforia volvió a los cuerpos. La música retumbaba y el recuerdo de lo que había pasado hacía pocos minutos desaparecía.

-Me encanta tu pelo. I'm Eric. What's your name?

Movió la cabeza a un lado y no vio a Fernando. En el espacio donde se encontraba ahora había una pareja bailando, saltando, riendo. Volvió a poner la cabeza en su puesto y notó que Eric seguía mirándola. Lorena le pasó el brazo por los hombros, la apretó un poco como para hacerla despertar y le contestó a Eric.

-Her name is Marta and she is my friend. You don't deserve her. Es una reina.

Worcester, junio 2017

Vos no viste que no lloré por vos

Antes

Dos meses antes

Ay sí ya sé, mamá. No me lo repitas, que ya lo sé, ya me dijiste como treinta veces. No, no estoy brava pero no me lo repitas tanto. ¿Ya le dijiste a tía de las flores? Tienen que quedar bellas, ya sabéis, lila, lila como la flor nacional. Ya llame al salón de fiesta porque no me querían dar el salón el catorce sino el quince y yo les dije que no, que como iba a ser eso, que la iglesia ya la tengo pa'l catorce y tiene que ser el catorce. Así que me complacieron, menos mal porque casi me da un infarto.

Toni no quiere que le pongan una orquídea en el paltó, él más bien quiere un pañuelo, dice que con flor va a parecer pajecito y no novio, y si quiere pañuelo se lo ponemos, después de tantos años de novios, ahora que se decidió que se case en cotizas si quiere.

¿Te acordáis, mamá? Cuando llegué de la universidad el primer día de clases y te dije que había conocido a mi príncipe azul en el bus. Sí, eso fue por la tarde. Ya sabéis que la facultad de educación está cerca de la de economía entonces teníamos que agarrar el mismo bus porque él venía para la misma zona de por aquí. Es que estaba escrito como siempre dijiste. Lo malo es que sólo coincidíamos los lunes porque el resto de la semana los horarios eran diferentes, así que yo ni que viniera el Papa me iba a arriesgar a perder el bus, no señor, de ninguna manera. Claro que me acuerdo qué tenía puesto el primer día que lo vi. Tenía unos jeans negros, unos mocasines y una franela blanca con una foto de Metallica, es que en ese tiempo él era roquero, vos sabéis. ¿Te acordáis que quería dejarse crecer el pelo?, pero cuando conoció a papá desistió de la idea.

¿Hay queso, mamá?, es que Toni seguro va a venir con hambre, con ese trabajo de dar clase en el parasistema por la noche siempre sale con ganas de comerse un caballo.

Vámonos ya para el banco que se nos hace tarde. Acuérdate que cierran a las dos y después tenemos que ir a casa de la costurera y tú sabes como se pone ella si llegamos tarde. Cuando vengamos voy a hacer las cachapas pero antes vamos a pasar por la quesería a comprar nata, que eso le encanta a Toni, bueno ¿y a quién no?

Seis meses antes

Desde que Toni comenzó con su trabajo nocturno no ha podido dormir bien. Siente un hormigueo detrás de la nuca cada vez que su mejilla toca la almohada. Es como si lo trataran de asfixiar, como si la Negra lo estuviera espiando. La Negra, tanto la quiere, tanto la adora, su cara risueña con lunarcitos en la nariz lo acompaña a todas partes. Toni nunca imaginó llegar a sentirse así, es como vivir en un mundo de cuento, es como ser otra persona, como sentir con otro corazón, como mirar con otros ojos. ¡Si sus amigos del colegio lo vieran! Él ve a la Negra como nadie la puede ver porque es suya, porque él la siente suya, su propiedad, desde la pollina hasta la manicure francesa de sus pies. Conoce todos sus detalles, sus imperfecciones, sus temores, sus delirios, sus tremenduras. Su padre, que en paz descanse, siempre dijo que debía sacar una maestría en educación en el extranjero, pero Toni le contestaba que era suficiente con todo el conocimiento que de la Negra poseía, que se sentía pleno, realizado, que era su adoración.

La noche llega otra vez y sabe que debe concentrarse para que el hormigueo no lo mate de ansiedad, no puede detenerlo; aunque sabe cómo pero no tiene el poder de hacerlo. Se metió en el negocio desde hace un año y no puede salirse, además le va bien, buen dinero en el bolsillo. Tiene el mundo a los pies de la Negra, lo que le pide se lo da y lo que no también. Lo único que lo perturba es que la Negra se entere y lo deje, no podría soportar que lo abandonase. El recuerdo de una vez en que la Negra por poco lo descubre lo persigue y la posibilidad de que se repita lo amenaza hasta el punto de casi volverse loco.

Desde que Toni vio a la Negra en el bus de la universidad nunca pudo separarse de ella, sentía que el pecho se le hacía un nudo cada vez que la veía parada en la espera de los lunes, la dulce espera, en pleno calor, sudando a chorros pero con su sonrisa brillante y rojiza, llena de fulgor. Así la recuerda siempre hasta cuando la tiene en frente.

Esta noche tiene más ansiedad que nunca, en dos días irá con Francisco a hacer un negocio importante. Buen dinero, piensa y se trata de calmar. El hormigueo le carcome el cuello y los poros, siente cómo las hormigas le penetran y se le meten hasta el cerebro y trata de relajarse pensando en el día en que pueda penetrar a la Negra. Es su sueño, hacerla para siempre suya, pero Toni es muy respetuoso, todo lo ha hecho excepto eso. La conoce desnudita y guarda en su memoria cada centímetro de grasa que le sobra y cada lunar que le corre por las nalgas. La adora. Es la negra más bella de la tierra con esas manos, ese torso curvilíneo, esa vulva intacta. Y sus senos son lo mejor, lo más preciado, lo más auténtico de su relación. Toni tiene una relación personal muy cercana con los senos de la Negra, son tan suaves que a veces no puede parar de tocarlos, son sus compañeros, sus camaradas, sus compatriotas. Y Toni se da vuelta en la cama y se le da vuelta el pensamiento y se acuerda del otro camarada, Francisco, atormentándolo por el negocio que viene, todo tiene que salir bien porque sino adiós dinero y adiós la Negra y los sueños. Repite su nombre, mil veces, mil veces y se duerme.

Un año antes

Ay, mamá, ayúdame a plancharle el ruedo a este vestido que no me queda bien y Toni va a llegar en quince minutos a buscarme y yo todavía ni el pelo tengo listo. Es que se me hizo tarde en el trabajo, es que esos libros los tienen todos enredados, no se sabe ni cuánto gastaron ni cuánto ganaron, ahora yo tengo que arreglar todo ese despelote, pero dale que no tengo tiempo. ¡Que ahorita va a llegar!

Mirá, dejá de refunfuñar y planchame eso, que yo sí sé planchar pero esa parte no me sale bien, es que esa tela es muy fina, como sedosa y no quiero que se queme el bordado del ruedo. No, no sé para dónde me va a llevar Toni, no me dijo, anda con un misterio que ni te cuento. Me imagino que a un restaurante, ¿no?, ya sabéis que a él no le gustan las barras ni las tascas. Bueno, menos mal porque a mí tampoco. Gracias, mamá, pero eso es natural, o sea, naturalmente me gusta más salir a cenar que a beber pero como decís vos, así son las damas y las buenas esposas. La cosa es que yo no me he casado todavía y ni sueños de eso porque Toni nada que ver, está muy enfocado en el trabajo del colegio y no te he contado que le dieron un trabajito en un parasistema por la noche, todavía no sé los días, mamá pero va a dar clases por la noche. Empieza en una semana. ¿Y qué más voy a hacer? Tú misma me has dicho que Toni es un buen hombre y que me quiere y que debo confiar en él, además dar clase a adultos es un oficio que queda para la posteridad, es un bien para la sociedad. Pero mamá todavía no soy su esposa, eso de que debe llegar temprano a la casa y yo de esperarlo con la comida caliente será si algún día me caso con él, así que como por ahora no hay sospechas de nada mejor vamos a cambiar el tema. ¡Mamá que se quema el vestido!

***

Ay Dios, mamá, no sabes lo que sentí, me dio el anillo cuando nos estábamos comiendo el postre, o sea, de repente yo sentí algo duro en una muela y pensé que la calza que me había puesto la odontóloga la semana pasada se me había caído, pero no, era la sortija que Toni la puso dentro de la torta de chocolate. No, no, no, fue demasiado bello, indescriptible. ¿Verdad?, ¿papá también te la dio dentro de una torta?, eso nunca me lo habías dicho, entonces Toni y papá se parecen en el fondo, bueno dicen por ahí que uno siempre busca una pareja que se parezca a su papá. Sí, mamá, te estoy oyendo, ¿para qué quieres que te lo repita?, OK, que si trato a Toni como tú has tratado a papá estos treinta y seis años de matrimonio todo me va a salir bien. Bueno pero tengo que llamar a abuela para contarle de una vez, ya sabes que ella siempre está al lado del teléfono en su sala de estar esperando cualquier chisme de la familia. Este le va a encantar porque ella adora a Toni. Claro que mi Toni le va a pedir mi mano a papá, mañana en la noche va a venir, como a las ocho porque a esa hora ya papá está aquí. ¿Qué te crees?, que él es un hombre sin modales ni principios, no, ya tú sabes que de aquello nada, ni una tetica me ha agarrado. Ay, mamá, bueno, una grosería de vez en cuando se me sale, pero después de nueve años sigo casta y me voy a casar de blanco como tú y abuela, ¿eso es lo importante, no? Ay no empieces a criticar a la vecina, mira que es muy buena gente, siempre te regala jabón de lavar ropa. El problema es el novio ese que tiene, es muy seductor y anda ahí calentándole la oreja a cualquiera y todas las bobas igualito que la vecina caen redonditas. En cambio Toni me respeta. Bueno, pero ella no tiene la familia que tengo yo, acuérdate que ella es huérfana de madre y sin madre no hay valores. Yo la sigo defendiendo y ojalá que ese hombre se dé cuenta de que es una buena mujer y que le pida que se case con él. Además cocina muy bien y es muy bonita, con ese pelo largo ondulado que tiene, ¡ya quisiera yo cambiárselo por este pelo de baba mío! Ay ya me imagino el problema que vamos a tener para buscar el tocado para la boda, ¡para mi boda!, porque como todos los ganchos se me caen del pelo… pero bueno, ahí veremos. Claro que el tocado será blanco, como el vestido, ya te lo dije.

Ocho meses antes

Toni no sabe como se encuentra de pie, como no se desmaya enfrente de la Negra y su madre. Las venas de las piernas le bombean tan fuerte que puede escuchar el ritmo de tambores que llevan. Las hormigas aparecen y ahora bajan hasta la espalda y le surcan un camino recto y profundo hasta las entrañas. El pelo se le escurre de las axilas y siente que los brazos se le caen, se queda desmembrado con el castigo de nunca más poder abrazar a la Negra. Se despide de ella con un beso casi imperceptible en la boca y se va en su carro nuevo.

Toni se desploma entre las sábanas y todo le da vueltas, el techo se le viene encima y las maldiciones a Francisco le llenan la boca. Una y otra vez desea que Francisco no exista, que se muera y que lo deje en paz. No sabe cómo va a poder contenerse de no matarlo cuando lo vea, de no pararse inmediatamente e ir a su casa a aniquilarlo. Por culpa de él la Negra vio la careta que usaron la noche anterior. Toni le había dicho a Francisco muchas veces que mejor era ponerse una media en la cara, era más fácil de esconder y además así lo hacen en las películas pero Francisco terco que no, que mejor la careta. Toni sospechaba que Francisco no la había escondido bien debajo del sillón del carro pero se le escapó confirmarlo. Y claro, la futura suegra se había montado en el asiento de atrás y la Negra para conversar con ella se había volteado y se había percatado de los pelos que sobresalían. Cuando oyó la pregunta curiosa Toni casi choca, las rodillas no le funcionaban, las piernas las tenía estáticas, se puso blanco de susto y al final lo despertaron las cornetas de todos los demás carros en la calle. Lo primero que se le ocurrió decir fue que estaba buscando disfraces para toda la familia para hacer una comparsa en los carnavales. No sabe ni cómo lo dijo, ni cómo el cerebro le respondió, ni cómo logró manejar hasta la casa de la Negra y luego llegar a la cama en donde está ahora. Sabe que los insectos lo van a comer esta noche sin piedad, que no dormirá nada, que no podrá detener las oleadas de terribles pensamientos, lo ve imposible.

Un mes antes

Ya no más que falta un mes, mamá, ¿te imaginas?, ¡qué emoción!, yo que lo veía tan lejos pero menos mal que Toni consiguió un buen trabajo en ese colegio público que por ahí tenemos seguro médico y sueldo fijo y además el parasistema por la noche los martes y jueves, eso ayuda bastante. Sí, claro, lo fijo es lo más importante pero ese contrato la verdad es que hace diferencia. Sí, fui a comprar atún para hacerle unas arepitas como a él le gustan. Sí, mamá, que hay que atenderlo como rey para que no se arrepienta, que los hombres hoy en día no se quieren casar, como el novio de la vecina, la pobre lo quiere montar en la olla pero él no se deja. El otro día me pidió consejos, ¿te conté? Ay sí, la pobre está ya con ganas de lanzarse al agua y el hombre se hace el loco. Ojalá que en la boda le caiga el liguero a él y el ramo a ella para ver si tenemos otra boda pronto porque a pesar de lo que digan todos en la urbanización, ella es una buena mujer y más bien él es el que se porta mal, es un picaflor, yo no sé como ella ha aguantado tanto. Sí, que los hombres tienen esa tendencia pero ¿y una?, ¿se la tiene que calar?, que no me oiga abuela porque me deshereda pero no estoy de acuerdo.

¿Cuándo es que va a llegar abuela? Apenas siete días antes, me parece poco tiempo pero bueno vos sabéis que abuela no es más terca porque no es más vieja. No la estoy insultando, mamá, pero vieja está. Lo bueno es que está muy lúcida, nada de Alzheimer por ese lado. Sí, claro que me acuerdo cuando la llamé para contarle que tenía novio y que era formal. Y ella se acuerda muy bien, siempre me lo hace saber. Toni iba extremadamente nervioso cuando lo llevé a conocerla, yo creo que si abuelo hubiera estado vivo Toni no lo habría soportado, estaría muerto él también. Tanta presión, me entendéis, al ver a abuela sentada en el porche, con el abanico de papel que siempre usa, ay porque yo digo que en Cabimas hace más calor que aquí, a mí nadie me hace cambiar de opinión.

Mamá, se va a derramar la leche, te digo porque a papá no le gusta la leche ahumada en el café, acordate, vos misma lo decís todo el tiempo, que para el café la leche no puede estar ahumada. Menos mal que Toni se lo toma guayoyo, así no me tengo que preocupar si se derrama la leche o no. Ay, mamá, claro que sé calentar leche pero si él no quiere ¿para qué la voy a batir? No, que claro que sí sé batir y calentar leche sin que se me ahumee, y por supuesto que el trabajo me va a dejar tiempo para atender a mi futuro esposo. Ahorita estoy de vaga, digo, he dejado de llevar los libros de las compañías por tres meses porque si no ¿cómo preparo la boda? Pero cuando volvamos de Mérida arranco otra vez porque ya tenemos el final del año encima y hay que empezar a organizar los papeles para hacer la declaración del impuesto sobre la renta. No, precisamente la computadora me ayuda bastante mamá, puedo hacer un montón de cálculos con ella que me ahorran mucho tiempo y por eso Toni me compró una nueva porque esta de aquí ya está muy viejita y se cuelga a cada rato. O sea, se queda paralizada y no va ni pa'trás ni pa'lante. Ajá, la puso en el cuartico que vamos a usar de estudio, ¿no está quedando bello el apartamento, mamá?, con los colores que le pusimos va a haber mucha luz que es lo más importante. Y las cortinas que nos hizo tía quedaron perfectas porque tapan todo el resplandor que entra por la sala en la mañana y al mediodía refresca el comedor porque vos sabéis que en esta tierra donde vivimos hay que buscar la manera de no pasar tanto calor. Ajá, lo bueno es que el alquiler del apartamento no es tan caro, claro sólo tiene dos cuartos y un baño pero ya lo viste, ¿es cómodo verdad?

Un año y un mes antes

A Toni siempre le había inquietado el hecho de que la Negra fuera tan ingenua. A pesar de que había estudiado contaduría en la universidad y que había conseguido varios clientes para llevarles los libros él sentía que a veces la Negra no sabía dónde estaba parada y era esa una de las razones por la que la adoraba. A Toni siempre le tiemblan las piernas cuando ve a la Negra vestida de amarillo para un funeral o de negro para un bautizo. Y le tiemblan las piernas no porque le de vergüenza andar con ella sino porque lo vuelve loco su esencia despistada, la cual sólo la conocen los que la tienen muy cerca, como él. La demás gente la ve como una mujer profesional, trabajadora, con novio estable y de buena familia. Pero sus características únicas son las que hacen a Toni sudar frío, querer correr hacia ella, levantarla por los aires y darle mil vueltas para que se divierta. Así quiere a la Negra. Esta mañana Toni se levanta emocionado porque es el día en que ha decidido comprarle la sortija a la Negra. Ahora sí lo puede hacer, tiene el poder, tiene propuestas de recibir buen dinero, tiene la convicción, aunque no la tranquilidad.

Tres días antes

Mamá, no llores por favor, abuela no se va a morir, vamos al banco ahorita con papá a sacar la plata, todo va a salir bien. Esos hijos de su madre, darle ese susto a una anciana que ni cara de rica tiene. Mi pobre abuela, lo que debe estar pasando, pero por lo menos sabemos que está viva. No te preocupes, ya papá viene en camino, ay Toni no agarra el celular, es que hoy precisamente da clase en el parasistema. Mamá, mamá, cálmate, mira toma un poquito de agua. Ya llegó papá, vámonos que mientras más rápido mejor, así cuando nos llamen otra vez, tendremos el dinero y podremos buscar a abuela. Trata de calmarte, no le van a hacer nada, está muy vieja para que la violen y muerta no les sirve porque no les vamos a pagar. Pero, mamá, no es que sea fría ni calculadora, es que estoy pensando objetivamente para ver las posibilidades de abuela. Que no voy a llorar, ya te lo prometí, porque a abuela no le va a pasar nada.

***

¿Viste, mamá?, ¿no te lo dije?, esos desgraciados no le hicieron nada a abuela, nada más la dejaron descalza. Pobrecita, se quedó dormida después de llorar un montón pero ya está descansando gracias a Dios. Se ve tan indefensa, ¿verdad? Menos mal que a papá le habían pagado y no había gastado el dinero, ahora habrá que cancelar algunas cosas de la boda aunque no sé si se pueda porque nada más que faltan tres días. ¡Ay Dios! Ojalá les hagan lo mismo a sus madres, ¡esos hijos de puta! Ay, mamá, perdón, yo te prometí que no iba a llorar pero es que no me puedo contener, esos desgraciados, pudieron haberla matado, la pobre no puede ni hablar, yo creo que no se va a recuperar para el sábado, ¿tú crees que debemos suspender la boda? OK pero si abuela no va me voy a sentir muy mal y me voy a pasar toda la boda llorando pero no de alegría precisamente. Gracias por el agüita, mamá, y perdóname otra vez, no me pude contener. Me parece tan raro que Toni no me haya llamado, debe ser que se le perdió el celular, se complicó con un estudiante o algo así, ya mañana vendrá me imagino y se va a caer para atrás cuando le cuente.

Dos semanas antes

Toni suda mucho y se seca las manos con el pantalón que por suerte es negro. Francisco le habla y le habla y cada segundo que pasa a Toni le dan más ganas de matarlo. Francisco está empeñado en concretar un negocio la semana entrante, la semana de la boda. Y se rehúsa, se pone las palmas de las manos en las mejillas, se golpea los muslos y manotea en el aire tratando de expresar la ira que lo enloquece. Toni reclama, con el hígado hinchado y la aorta a punto de explotar, que no se puede, que la próxima semana no. Pero no tiene éxito. Se va manejando y lamentándose el no poder ser más fuerte, el no poder decir que no. Lo único bueno es que Francisco se encarga de todo, de decidir en dónde y a qué hora se hace el negocio; Toni sólo presta su carro y ayuda con el encargo.

Cinco años antes

Mamá, ya van cinco años, ¿lo puedes creer?, es como si hubiera sido ayer, como si me acabara de pedir que fuéramos novios. Me voy a poner el vestido azul, el de cuadritos en el cuello. Es que ese le encanta a Toni y quiero que me vea espectacular. Además también vamos a celebrar que nos vamos a graduar la semana que viene, es que todo va cayendo por su propio peso. Sí, mamá, por su propio peso, cada día estás más sorda. Perdón, no quería ser insolente. ¿A ti te gustaría que me casara con Toni?, ¿vos creéis que sea el hombre para mí? Gracias, mamá pero el problema es papá, ya sabes lo quisquilloso que es. No, mamá, ya te he dicho que Toni no me ha tocado ni con la punta de los dedos, nada de nada, virgencita soy. No te preocupes que así llego hasta la boda, te doy mi palabra.

Ay ya está tocando el timbre. ¡Mamá, mamá!, abrile la puerta a Toni que me tengo que terminar de vestir, no refunfuñes que él ya te ha visto con rollos puestos. Él es de confianza, es de la familia ya, me lo has dicho muchas veces y además me acabáis de decir que quieres que sea mi futuro esposo, así que anda a abrirle la puerta.

Después

Cuatro años después

Hola, mamá, vuelvo a conversar contigo como todos los días lo hago después de que terminamos de hablar por teléfono. Si tan solo pudiera contarte todo esto que siento dentro de mí, si tan solo pudiera contarle a alguien, pero no, me da miedo, me da terror, ¿qué pasaría?, ¿qué pasaría si alguien descubre los pedacitos que quedan de estas conversaciones escritas que tengo contigo todos los días después de que las rompo? No te preocupes, yo rompo el papel en pedacitos bien chiquiticos que ni el propio Toni se da cuenta de que existen. Los boto de una vez en el pipote de afuera y ya, asunto arreglado. Es que tengo tanta necesidad, es que vivo con un miedo permanente, mamá, es que si no lo tengo a él no tengo nada, ya está confirmado que soy estéril o sea que así me case con otro no podré tener hijos y entonces ¿para qué lo voy a dejar y buscarme otro?, yo ya no puedo amar a nadie, ni siquiera a Toni, al Toni que ahora conozco y que él no sabe que conozco, a ese no lo quiero, extraño ser caída de la mata, extraño ser ingenua, ¿por qué tuve que cambiar?, solo una verdad me hizo cambiar. Y no puedo tener hijos, estoy seca y muerta por dentro, Toni me mató, sembró dentro de mí una semilla venenosa y él ni siquiera lo sabe, ni se lo imagina. Yo sigo tan buena esposa como siempre y el tan abnegado y sutil, tan trabajador, en esta mesa nunca falta nada y no hay vacaciones que no nos vayamos de viaje. Ya conocemos todo el país, ya sabéis, siempre te llevo las fotos para que las veáis. ¿Para qué le voy a reclamar?, ¿para que me ruegue que lo perdone?, yo sé que lo terminaré haciendo porque en el fondo él es mi príncipe azul como yo siempre te lo dije… hace tantos años. Y es tan tierno conmigo, y lo dejo quererme, y lo dejo acariciarme, y lo dejo consolarme y amarme más al saber que no podremos tener niños. Eso me regocija, otro me hubiera dejado, otro se hubiera olvidado de mí pero Toni no, Toni me adora y da la vida por mí, se la pasa trayendo regalos, con tanto dinero que gana… se lo gasta todo en mí y yo muy tierna le recibo todo, muy cómoda, muy dada a recibir, muy desgraciada y pecadora. ¿Cómo puedo dejarlo que gaste todo ese dinero ajeno en mí? Te lo juro, mamá, que si por mí fuera hubiera preferido haberme quedado además de estéril ciega en aquel accidente, te lo juro, sería mejor, ojos que no ven corazón que no siente.

Un año y medio después

Toni no puede mantenerse de pie en el hospital, siente que se está muriendo junto con la Negra, quiere irse con ella, son uno solo, no pueden separarse y si ella no respira él se asfixia, así es que como le ha avisado a las enfermeras de que algo malo le pasa a la Negra sin estar en el cuarto con ella. Lo que le pasa a ella lo percibe él. Se sienta porque está a punto de desplomarse y escucha las palabras del doctor; cree que no puede continuar viviendo. Es posible que la Negra siga en coma por varios meses más, nadie lo sabe, quizás sea más tiempo, y clama a Dios que se la devuelva, que no se la lleve todavía, que él la necesita, si no nada tiene sentido. Si ella no despierta él no vuelve a abrir los ojos jamás y escucha de nuevo la voz del doctor pidiéndole consentimiento para unos exámenes de rigor, Toni afirma con la cabeza sin pensarlo mucho, sin atinar. Todo está nublado, no ve bien, se tambalea y se vuelve a preguntar lo mismo que la noche anterior cuando ocurrió el accidente, qué hacía la Negra cerca del lugar del negocio anoche, cuando la vio bajarse del taxi se escondió por entre los arbustos de la acera y ella no lo vio. Y luego pasó la tragedia, unos desgraciados ciclistas la asustaron, ella resbaló cayendo de pie en la carretera y el carro que venía a toda velocidad la golpeó en el vientre y la mandó a volar. Se le moría la vida, se le moría el corazón, se le moría la Negra. El hormigueo reaparece después de mucho tiempo y no puede controlarlo y siente que tiene miles de castillos de insectos alojados en la espalda pero piensa que es lo mejor, así se muere de una vez y acompaña a la Negra.

Un día después

¿Aló?, ¿mamá?, ¿me escucháis?, es que con las montañas se le va la señal al celular. No, primero decime como está abuela, ¿sigue bien?, me sorprendió ayer, tanta fortaleza, ¿aló?, ¿aloooooó? Ay Dios, qué problema con la señal y mi pobre abuela, yo si fuera ella no hubiera podido. Pero ella me lo dijo, que por mí se iba a levantar de la cama e iba a estar allí, que iba a acompañarme porque soy la primera nieta que se le casa y no podía faltar a la fecha más importante de mi vida. Pobrecita. Ay, mamá, ya pasamos la primera noche y fue maravilloso, cuando Toni me quitó el vestido... ay ahí viene Toni, no te puedo contar, te cuento cuando llegue de la luna de miel... bueno como te iba diciendo, mamá, quiero que guardes muy bien el bolo que quedó porque acuérdate que se come en el primer aniversario. Mira guárdalo bien al fondo del congelador porque sino papá se lo va a comer, ya sabéis lo dulcero que es y más sabiendo que el bolo lo hizo tía. Qué bonito le quedó ¿verdad?, es que tía hace de todo, es una artista con las manos. Me voy, mamá, nos vamos a pasear y vamos a montarnos en el teleférico, me llevo una chaquetica de jean porque estoy congelada y ¡todavía no hemos salido ni del hotel! Bueno, chao pues, ¿bendición?, ¿aló?, ¿aló?, ¿no me digas que he estado hablando sola todo este rato?

Ocho años después

No puede moverse y todavía no entiende lo que le acaba de pasar. Toni percibe las luces de los carros y sabe que se encuentra abandonado pero no puede correr a pedir ayuda. El dolor por la espalda le llega hasta las rodillas como una cinta entretejida por la piel. Sabe que el imbécil de Francisco se dio a la fuga y lo dejó ahí, a la buena de Dios, y claro, quedó tirado en el suelo con la herida de bala atravesándole el riñón, se siente morir y piensa en la Negra, en su adorada Negra, en su mujer de canela olorosa. Entre tanta confusión y delirio logra recomponer la escena, ahora recuerda un poco más, llegaron al barrio detrás de la Bomba Caribe a recoger el dinero, Francisco y él, en el carro. Toni como siempre se bajó para agarrar el maletín pero alguien lo sorprendió, el hermano de Francisco, el policía, el condecorado por veinticinco años de servicio sin ninguna falta. Se retuerce en la acera a oscuras, con basura a su alrededor y con un olor fétido muy diferente al olor a azúcar morena de la Negra. Ya recuerda mejor, Francisco no se escapó, su hermano lo descubrió pero todo queda entre hermanos, nada sale a la luz, ni siquiera él. Se encuentra en las tinieblas pero ve una claridad al final que lo llama, lo llama por su nombre y él obedece, atiende a su llamado y se va, sin la Negra, extrañándose que su ser no se vaya completo, que la Negra no se vaya con él, con la luz, en la oscuridad.

Dos años después

Mamá, mamá, ey, escuchame, soy yo, ¿por qué no me contestáis?, siento tus manos acariciando las mías y te oigo sollozar pero no puedo verte. ¿Qué pasa?, ¿por qué lloras?, ¿dónde estoy? Siento un calor horrible en el vientre y no puedo abrir mis ojos ni mi boca, estoy como paralizada, como muerta, ah ya sé, esto es una pesadilla, cuando despierte ya podré hablar contigo. Me parece que estoy escuchando otra voz, una masculina, pero no es Toni, quién será, qué rara me siento, como si me hubieran dado mil puños en el estómago, ay ya me quiero despertar, qué problema este de las pesadillas. ¡Ay qué calienticas están tus manos, mamá!, ahora que me acaricias el pelo se siente mucho mejor, me siento mejorcita, aunque no sé qué me pasa me siento mucho mejor, y Toni, mi querido Toni, ¿dónde está?, no me acuerdo de haberlo visto ayer, ¿qué paso ayer?, ¿o será que todavía es ayer?

Un mes después

Toni se encuentra como Dios lo trajo al mundo en la cama, cubierto sólo por el cabello liso de la Negra que le baña el pecho. La observa, dormida, después de un sexo increíble, fogoso, apasionado, como un video porno. Toni siente que las paredes del cuarto derraman incienso, que se derriten del calor. Fue maravilloso, como cada noche que lo hacen, como la primera noche que lo hicieron, la noche de bodas es algo inolvidable. Toni la recuerda cada día y esa memoria le borra los demás sentimientos negativos que puedan producírsele. Ahora el recuerdo de esa noche es una extensión de su ser. Toni no deja de pensar en el segundo en que finalmente penetró a la Negra, sintió cómo la membranita se iba pulverizando y su pene se iba llenando de la sangre nueva de la Negra, de alguna manera ella nacía por segunda vez y él con ella, él dentro de ella. Fue la sensación más tibia y sublime que haya tenido en su vida. Ahora se siente realizado, completo, ya no le importa nada. Hay una conexión tan grande entre la Negra y él que no tiene miedo a perderla, está seguro de que eso nunca pasará, que ella siempre estará con él. Son parte de un solo ser y eso no puede disolverse, es como si en la primera noche de bodas se hubieran empalmado de tal manera que hubieran quedado adheridos para siempre, siameses, la Negra es su nuevo ser, es parte de él y al serlo no puede despegársele, su vagina y su pene son un mismo órgano ahora. Reflexiona y piensa que por eso a ella no le dolió, estaba bañada en sangre pero ni una molestia sintió, su cavidad estaba hecha a la medida del miembro de Toni. Es por eso que ya nada lo perturba, ya no siente el hormigueo horrible en la nuca, nada lo incomoda, nada le da miedo, ni siquiera que la Negra lo descubra, no corre peligro, su propio ser no puede separarse de él mismo. Por eso las piernas no le temblaron en el velorio de la abuela. Y se queda dormido, soñando con la Negra, con él mismo.

Tres años después

¡Qué oscuro está este cuarto, mamá!, con razón te quedaste dormida. Son las cuatro de la tarde y parece que fueran las ocho de la noche. Una oscurana terrible. Estaba pensando que podrían poner persianas porque esas cortinas son muy gruesas, yo sé que evitan que entre el calorón de por la tarde pero que no se vea ni por donde uno camina es una exageración. ¡Qué cómica te ves dormida, mamá!, demasiado cómica, con la revista en la mano. Me dan ganas de aprovechar y contarte todo. Ay, mamá, no sabes nada, eres una santa, te lo juro que eres una santa. Quieres tanto a Toni y él te quiere tanto a ti, yo no sé, yo no entiendo cómo pudo haber hecho eso, cómo pudo hacerlo. Abuela, tan indefensa, él tan perverso, sólo por dinero pero ¡abuela!, ¡mi propia abuela!, ¡tres días antes de la boda! Es que no se lo puedo perdonar, hasta usó el mismo carro en que nos llevaba a las tres a hacer compras. Yo vi el carro, mamá, me dio tiempo de mirar la placa antes de que me atropellaran y até cabos, me acordé de cuando abuela deliraba por las noches siguientes a ese horrible día diciendo que el payaso de pelos naranjas vendría a buscarla y repetía yo te conozco, yo te conozco, una y mil veces. ¿Te acuerdas?, pensábamos que se había vuelto loca del susto y no, su mente nos estaba mandando un mensaje y en ese momento no lo pude descifrar. ¿Cómo me lo iba a imaginar?, mi príncipe azul, mi Toni, a punto de casarme, era imposible de pensar. Y Toni ingenuo, ni le pasa por la cabeza que yo lo sé todo, mamá, menos mal que estás dormida, qué santa eres, y yo una mezquina, un monstruo que merece morir, me sigo acostando con Toni, un desconocido, le sigo preparando la cena cuando llega cansado de su trabajo nocturno, ese que nos desgració la vida pero que nos mantiene unidos como un cordón umbilical, es una conexión entre los dos, mamá, algo terrible, pero es que no lo puedo dejar, no tengo las fuerzas de dejarlo, es mi príncipe, como tú me decías, mi príncipe lleno de sangre, mi príncipe maligno que me carcome entera. Ya no sé a qué otro doctor ir, ya no sé por donde empezar de nuevo mi vida, estoy muerta, mamá, muerta en vida, soy una tumba sin difunto.

Dos horas después

Con el volante entre sus manos siente que tiene un poco de control pero el hecho de estar en el carro lo devuelve al pasado, al pasado inmediato en el que casi se muere de infarto durante el negocio más horrible y bajo que ha realizado. Todo por culpa de Francisco. Toni mira a la Negra, le ve la sonrisa, le ve sus ojos que lo miran ansiosa, emocionada, llena de felicidad, recién casada, lista para llegar a su destino de luna de miel, feliz de poder compartir el primer viaje juntos como esposos. Es su señora, finalmente y para siempre. Mira por el retrovisor para cambiar de canal y ve sin poder evitarlo el asiento de atrás donde tres días antes se había sentado la abuela, llorando como una desquiciada, gritando letanías de la Virgen, desesperada y acongojada hasta que Francisco la amenazó. Cuando Toni pasó a recoger a Francisco después de haber recibido su llamada diciendo que la presa estaba lista se petrificó, tardó básicamente cinco minutos en arrancar el carro, Francisco tuvo que cachetearlo pero no le dolió porque claro, el hule de la careta amortiguó el golpe. Se le partía el alma de ver a la abuela tan indefensa y quebrantada. Después de varias horas de negociación con el padre de la Negra, la pobre abuela deliraba del cansancio pero entre la confusión creyó haberse montado en ese carro anteriormente. Toni sudaba frío y le contestaba que no, sólo una palabra, un no y con una voz forzada. Se negó a bajarse como siempre a recoger el dinero, tuvo que hacerlo Francisco a regañadientes y cuando se terminó todo y casi lo mata a golpes Francisco comprendió su actitud durante este negocio. Sigue manejando y empiezan a subir por la montaña, a su lado mira a la Negra admirando el paisaje, feliz, ingenua, ajena a todo lo escabroso de su vida. Se siente sucio e hipócrita y le ruega a Dios que la Negra logre perdonarlo.

Diez años después

Hoy te traje rosaditas, mamá, porque me parece que las blancas del domingo pasado no te gustaron, ¿son como muy tétricas, verdad? No sé, es que el pobre señor de la puerta tenía muchas y me parecía que no iba a vender nada por la lluvia, por eso se las compré. Vos sabéis que yo ningún domingo falto, siempre vengo a conversar con vos y a ponerte flores. Hoy hay mucha gente por aquí, hasta hay una familia haciendo picnic, ¿podéis creer? La gente moderna que no haya qué inventar. Ay, mamá, no sabes lo contenta que estoy de poder hablar con vos cada domingo, ya no tengo que andar escribiendo y rompiendo las hojas al terminar, me siento aquí en la grama, limpio tu nombre y te pongo las flores, tan bellas como tú, así como decía abuela que en paz descanse también, después de ese día no duró casi nada, ¿te acordáis?, tuvimos que venir corriendo de la luna de miel para su entierro. Pero bueno, como te iba diciendo, desde que te pusimos aquí papá y yo hace dos años ya, nunca he faltado a una conversación de las nuestras, es que a las dos nos encanta el chisme. La vecina finalmente atrapó al novio, claro se embarazó, no le quedaba otra solución. Pero está feliz, mamá, allí está con su marido y él caminando con la panza afuera por la acera, pero bueno, seguro que queréis saber de papá, siempre te doy el reporte, está bien, allá en la casa, sentado en el porche todas las tardes, extrañándote mucho. Yo siempre pensé que papá se moriría primero que vos, no sé por qué, pero no, ahí está más duro que una piedra. Dios me lo guarde porque es lo único que me queda. El pobre ya ni pregunta por la tumba de Toni, sólo por la tuya, ya sabes que no viene a visitarte porque le dan miedo los cementerios pero ya no pregunta por Toni, de repente sospecha algo, no sé, a veces me parece que papá sabía todo desde el principio. La tumba de Toni está bien, siempre le echo una miradita cuando vengo a hablar contigo pero nunca hablo con él porque ¿de qué voy a hablar? Se me acabaron las palabras para él, mamá. Me acuerdo que cuando estabas convaleciente en la cama del hospital te sorprendiste de que yo no llorara cuando encontraron a Toni asesinado por la Bomba Caribe. Asaltado como decía el periódico, sin zapatos y sin billetera, y el carro desaparecido, nunca lo encontraron. Pero yo siempre te lo he dicho, mamá, desde el día del accidente maldito yo me quedé seca por dentro, ¿qué lágrimas me iban a brotar?, nada de nada, ni se me humedecieron los ojos. Desde ese día no he podido llorar más. Menos mal que vos no viste que no lloré por vos y no sabes cuantas ganas tenía de hacerlo. ¡Te extraño tanto, mamá! La semana que viene le toca la consulta con el cardiólogo a papá, el próximo domingo te cuento como le fue pero no te preocupes que seguro va a salir bien como siempre, ese es un toro, nada le pica ni le duele y puede comer hasta más cosas que yo, a mí todo me cae mal. En estos días le hice un mondongo tan bueno que se chupó los dedos, y tú sabes como es papá de fino en la mesa pero se los chupó, sin mentira, te digo la verdad. A Toni le encantaba también el mondongo, ya no puede saborearlo, ya no puedo saborear a Toni, ya no tengo que ocultar el saber todo, ya puedo gritar si me da la gana pero, mamá ¿qué me pasó?, ¿adónde se quedó perdida mi voz? Me voy, nos vemos el próximo domingo, mamá, te prometo que la próxima vez te traigo flores lila, lila como la flor nacional.

Tallahassee, noviembre 2007

Índice